D E A R + N O V E L

スリープ

砂原糖子
Touko SUNAHARA

JN283228

ディアプラス DEAR+ NOVEL 224 文庫 BUNKO

新書館ディアプラス文庫

S H I N S H O K A N

スリープ

目次

イラストレーション／高井戸あけみ

スリープ

眠る。起きる。眠る。起きる。眠る。眠る。

ある説によると、人の生涯の睡眠に費《つい》やす時間はほぼ決まっているという。一見、睡眠時間の長い者も短い者も、時期が変われば逆転したり、また元へと戻ったり。

生活スタイルの変化、怠《なま》け者《もの》のツケ、体力の低下。最悪は無理がたたって病気で入院生活……とにかく、そうやって帳尻《ちょうじり》合《あ》わせでもするみたいに、平均すれば人の生涯の眠りの時間は皆同じくらいであるという。

――胡散臭《うさんくさ》い話だ。

べつに信じちゃいない。

信じたくもない。

それが本当ならば、自分にはやがて目覚め続ける日が来ることになる。


「おい、倉知《くらち》!」

改札のほうから聞こえてきた男の声に、駅のベンチに座った倉知馨《かおる》は無反応だった。

月曜の駅はいつにも増して騒がしく、すぐ目の前では、倉知と同じ高校の制服を着たグループが朝にはそぐわないテンション高い笑い声を上げている。倉知はその中で、ただ無表情に向かいのホームに停車した電車の上の空を見上げていた。

空は馬鹿みたいに晴れ渡っており、ようやく優しくなり始めた風が、ホームには吹き抜けている。

黒髪が風にそよいだ。夏が過ぎ去ったばかりの九月とは思えないほど白い顔。毎日鏡で見飽きたものを倉知自身はどうとも思っていないが、人並み外れた造形の顔だ。

ちょっと性別も曖昧《あいまい》な顔立ちだった。高校二年生ともなれば身長も伸び、さすがに女子に間違われはしないものの、地味な灰色ズボンの制服とはアンバランスで変に浮き立つ。

今もベンチの手前を過《よ》ぎった女性が携帯電話を弄《いじ》る手を止めて、ちらとこちらを見た。けれど、倉知にとっては『それ』もひっくるめて、意識の隅にもかからないいつもの朝でしかない。

「倉知！」

自分の名を呼ぶ声はすぐそこまで迫《せま》っていた。

「倉知っ！　おーい、寝てんのか？」

声の主《ぬし》は背後から回り込むように正面に立ち、ひょいと顔を覗《のぞ》き込《こ》んだ。

「起きてるよ」

倉知は面倒くさげに応《こた》える。

相手は確認するまでもない。

上木原《かみきはら》喬《たかし》。同じマンションに住み、クラスメイトでもある男だ。無遠慮に視界に割り込んできた男は息を切らしており、日に透ける明るい髪が弾《はず》む肩に合わせて揺れる。

「だったらっ、返事ぐらい、しろよ。おまえさぁ、なんで一人で先っ、行っちゃうわけ？」

「今朝は早く目が覚めたんだ。いい天気だから、早めに家を出るのも悪くないかと思って」

けれど、残念ながら先発の電車はすでに駅を出たところだった。

都会のように電車は数珠繋《じゅずつな》がりでやって来たりはしない。田舎《いなか》とまではいかないが、地方の小さなベッドタウンだ。

ようするに快速電車も素通りする駅で、一向《いっこう》にくる気配もない次の電車の到着を待っていたところ、上木原が追いついて来たというわけだった。

「それにしたって声ぐらいかけるでしょ、フツー。いつも一緒に学校行ってんのにさぁ。まだ家にいるのかと思って、ベル二十回くらい鳴らしちゃったじゃん」

「二十？　優一《ゆういち》さん居たのに、煩《うるさ》かっただろうな」

同居人の従兄弟《いとこ》だ。名前を持ち出すと、上木原は『げっ』と声を出す。

「ウソ!?　やば……それじゃなくても俺、あの人に嫌われてるっぽいのに」

「嘘だよ。優一さんは今日も俺より早くに家を出てる。それに家に居たら出てきたに決まってるだろう」

特に面白がってついた嘘でもないので、倉知はさらっと返した。

なにかと胡散臭い反応をする男は、わざとらしい拗《す》ね声《ごえ》を出す。

「やめてよ、つまんない冗談。つか、なんで俺を置いていくかね」

「おまえと毎朝一緒に登校する約束はしてない」

してないけれど、一年三百六十五日……いや、登校日だけだからざっと二百日程度のほとんどを一緒に通っている。仮にもそれだけ共に行動している相手が無断で先に行ってしまえば、不満が出てもまぁ仕方はないのかもしれない。

「うっわ、相変わらず可愛《かわい》げないねぇ、馨ちゃんは。あ、もしかして……」

「『ちゃん』づけはやめろ。もしかして、なんだ？」

「好きなコは苛《いじ》めたくなるほう？　だったらこれも歪《ゆが》んだ愛情の表れと思って、甘んじて受けないことも……」

足先をがっと蹴《け》り出せば、上木原は予期していたらしく器用に避《さ》けた。

「ほらね、ドS確定」

どことなく楽しげに言ってから、どさりとベンチの隣に腰を下ろす。

「はぁ、朝っぱらから無駄な体力使わせてくれちゃって」

走ってきたのだろう。息はもう落ち着きを見せ始めていたが、額《ひたい》に汗が次々と浮かんでいる。

倉知は上方にある男の横顔を見た。とにかく背の高い男だ。長い足を持て余し気味に投げ出すその身長は、はっきりと聞いたことはないがたぶん百八十センチ台半《なか》ばぐらいだろう。

帰宅部とは思えない恵まれた長身。顔つきもスポーツでもやっているのがお似合いだ。無駄な肉の少ない横顔はどことなくストイックに見えるし、一重《ひとえ》の目はなにか睨《にら》み据《す》えてでもいるかのように鋭い。

華やかとはちょっと違うが、たぶん男前の部類だ。ただし、目つきの鋭さはヘラヘラと無意味によく笑う口元に大抵相殺《そうさい》されており、明るく染められたルーズな髪は、ストイックだの清廉《せいれん》だのという言葉からは遥《はる》かに遠い。

口にしたことも、これからするつもりもないけれど、倉知はもったいないと感じている。しかし、自分がどう思ったところで、このままでも……いや、むしろこのほうが女ウケはいいらしく、常に複数の女の影がチラついている男だ。

付き合いは中学からになる。二年の半《なか》ば辺りからだから、彼是《かれこれ》もう三年。同じマンションに住んでおり、互いの顔だけならもっと前から知っていた。

基本的に人種が違う。きっかけでもなければ、お互い卒業まで口も利《き》かず、その後も知らん顔でマンションのエントランスやらエレベーターやらですれ違うだけだっただろう。

だからなのか。

三年傍《そば》にいても、周囲の二人への認識が『親友』であっても、そんな感じがしない。上木原の隣にいるのは、時折尻の据《す》わりが悪くてならない。

倉知は制服のズボンポケットからハンカチを取り出した。

「喬、ほら」

「あ？」

「汗拭《ふ》けよ、暑苦しい。洗って返せ」

「お、サンキュ。悪いね」

差し出したハンカチで男は汗を拭き始め、倉知は前に向き直った。

辿《たど》り着《つ》いたときには人気《ひとけ》の少なかったホームには、いつの間にか電車待ちの列ができあがっていた。

並んでいれば乗りやすくなったものを、倉知がベンチに座ったままでいたのには理由がある。病気だからだ。

生死に関わるような病気ではないが、中学に上がってまもなくからずっと患《わずら》っている。

ナルコレプシー。睡眠障害の一つだ。

発作的《ほっさてき》な眠気がところかまわず襲ってくる。会話の途中でも、授業中でも、どんな人生の大事な局面であろうとも、自分の意思はそっちのけで眠ってしまう。それでも安全な場所であればまだいい。問題は歩行中でも発作の可能性があることだった。

三日三晩眠らずに過ごした後のような、強烈な眠気だ。抗《あらが》うのは困難で、まるで突然現れた大波にでも攫《さら》われたみたいに飲まれてしまい、自分がどの瞬間から眠りに落ちたのか判《わか》らないこともある。

いつ何時《なんどき》発作が起きても構わない姿勢を確保するのは、もう癖みたいなものになっていた。

症状は眠気ばかりではない。ときにカタプレキシーと呼ばれる脱力発作も起こる。体中の筋肉が役目を放棄《ほうき》し、場合によっては立っていることもままならなくなる発作だ。

誘因《ゆういん》材料は強い感情の起伏《きふく》だった。

喜怒哀楽。特に笑うとまずい。ようはロボットのように無感情でいればいい。元々大人びて落ち着いた性格の倉知にとって、感情のコントロールはそう苦でもなく、人前で発作を起こしたことは数えるほどしかなかった。

けれど、いずれにしろ直接的に生命を脅《おびや》かさないだけで、面倒《めんどう》な病気には違いない。

「おまえはホント物好きだな、喬」

倉知は呟くように口にする。

「あ？」

「いや、同じマンションのよしみだからってよく俺に構い続けるなと思って」

隣を見ると、大きな伸びをする男と目が合った。

「言ってんだろ、俺は退屈なんだって。一日が長くて超退屈。キング・オブ・退屈。だからおまえに構ってるぐらいが暇潰《ひまつぶ》しになってちょうどいいんだよ」

上木原は、自分とは対照的に不眠症を患っているらしい。

とにかくまるで眠れないのだという。

寝不足からだろう。大欠伸《おおあくび》でうっすらと眦《まなじり》に涙を浮かべた男の目は、慢性的に充血している。

「そうか、俺が後々目覚め続けるなら……おまえはずっと眠り続けるのか」

「え、なに？　なんの話？」

「……べつに。立場逆転したって、俺は面倒なんて見ないって話」

「なんだよ？　思わせぶりなこと言って……」

倉知の肩越しの線路に、上木原は目を留めた。

「あ、電車来た」


いつでもどこでも眠くなるとくれば、日常生活の不便だけでなく、当然人間関係にも支障をきたす。

昔は眠り病と呼ばれていたぐらいだ。

日中の居眠りなんて、頻繁《ひんぱん》に続けば続くほど印象は単なる怠け癖。倉知自身、そこいらで誰かがうとうとしていたぐらいで、お仲間だとはすぐには思わない。

「倉知はどうなんだよ!?　こいつもまた寝てんじゃねぇかよ！」

不満の声が教室に響いたのは、三時限目の授業中だった。教鞭《きょうべん》を執《と》る男性教師の声が籠《こ》もりがちで眠気を誘う、なんて不評の数学の授業だ。

居眠りを注意され、逆ギレ加減で教師に食ってかかったのは、倉知の右隣の席の男子生徒だった。

「宮木《みやぎ》、居眠りしておいてなんだ、その態度は。教師にタメ口利いていいと思ってんのか。倉知を引き合いに出すな、倉知は……理由はおまえも判ってるだろう？」

言い辛《づら》そうに濁《にご》した教師の言葉に、宮木と呼ばれた生徒は『けっ』とあからさまに不服な反応をする。カッコつけて見せる相手の女子もいない、男ばかりの教室だ。元が男子校だったため、限られた科にしか女子の姿がなかった。

「倉知、おい起きろ！　起きろ、テメー！」

がくっと机が揺れた。上履《うわば》きの足で机を無遠慮に蹴られ、突《つ》っ伏《ぷ》すようにして眠っていた倉知はゆらっと顔を起こした。

「……宮木？」

「おまえ、自分だけのん気に寝こけてんじゃねぇよ！」

男の形相《ぎょうそう》と周囲の雰囲気から、だいたいの流れは想像できた。

発作だ。いつの間にか眠り込んでしまっていたらしい。

本来、薬でのコントロールが上手《うま》くいけば、日常生活への支障は避けられる病気だが、倉知の場合あまりそれは上手くいっていなかった。効果の高い薬はまるきり体に合わず、比較的副作用の少ない薬も連用ですっかり耐性《たいせい》ができてしまっている。

授業中に眠ってしまうことも少なくない。堂々としていられるのは、学校側に病気の説明がついているからだ。

倉知はぶるっと軽く頭を振るい、どうやら理不尽《りふじん》な怒りを自分に向けているらしい男のほうを見る。

「宮木、俺の病気がおまえになんか迷惑かけたか？」

自己主張激しく、原型が同じものとは思えないほど制服を着崩した男。いや、そんなものはこの学校では特徴にもならない。類友《るいとも》なんて言葉がぴったり嵌《は》まるほど、誰も彼も似たり寄ったりだ。

とにかく柄の悪いクラスメイトだったが、倉知は怯《ひる》むどころか冷ややかな眼差しで『ふん』と鼻を鳴らした。

男は当然のように食ってかかってくる。

「病気だかなんだか知らないがなぁ、隣で好き勝手居眠りされたんじゃこっちまで眠くなんだよ」

「こら、宮木！　やめろ」

制止に入ったのは教壇の教師のみで、周囲の生徒は固唾《かたず》を飲むというより、面白そうに成り行きを見守っていた。仲裁《ちゅうさい》に入ってもおかしくない上木原は、席が大きく離れている。

むしろ邪魔がでなくて好都合とでもいうように、倉知は言葉を紡《つむ》いだ。

「ふうん、なるほどね。おまえが先生に注意されるのも、学力が下がるのも俺の病気が原因と言うわけか。で、俺は特別待遇だから叱られずに済むが、自分はいちいち注意飛ばされて迷惑だと」

「ああ、そうさ。オメエのせいでな……」

「で、学力は？　俺もそんなに成績がいいとは言わないけど、おまえは？　隣にいておまえに少しでも移ったか？」

謙遜《けんそん》というより嫌味。倉知の成績がいいのはクラスの誰もが知るところだ。

学校の県内レベルは、下の下。はっきりいってレベルの低さで名を馳《は》せているほどの高校で、学校側が倉知の入学になんの抵抗も示さなかったのは、病人でお荷物どころか期待をかけられたのもある。

例を見ない高得点で入学。どの進学校にも入れる学力でありながら、倉知がこの高校を選んだ理由は単純だった。

家からもっとも近い高校、それだけだ。

そして、通学の不安は軽減されたはいいが、べつの問題が浮上《ふじょう》することになった。

「倉知、テメっ…！」

嫌味はきっちり通じたらしく、宮木は顔色を変える。

授業中は居眠りをしてばかり、そのくせテストの成績は悠々《ゆうゆう》学年トップなんて、クラスで浮かないわけがない。

おまけに倉知は口が悪かった。鼻持ちならない口調だ。綺麗な顔をして……いや、綺麗な花だからこそ棘《とげ》がある。

「ああ、謝ってくれなくていい。おまえの知力じゃ早合点《はやがてん》しても仕方ないさ。悪いな、おまえの成績まで上げてやれなくて」


「なんでそう、適当に謝って済ますことができないのかなぁ」

食堂でスプーンを口に運びながらそう言ったのは、クラスメートの住田《すみだ》だ。小柄な体で結構な大食いの男は、大盛りカレーをガツガツ食べつつ、テーブルの向かいの倉知に対しボヤキを聞かせる。

「謝る？」

「あれはさぁ、絶対ほかの奴らまで引いてたって。宮……はさぁ、我儘《わがまま》で苦手な奴多いから、嫌われたってどってことないけど……」

途中から声のトーンががくりと落ちたのは、すぐ後ろのテーブルに宮木を中心としたグループがいるからだ。なにやらガハハとでも聞こえてきそうな大口を開けて笑っている。

昼休みの食堂は、いつもどおりの騒がしさだった。

黙々と食事中の上木原と並んだ倉知は、日替わりランチを食べつつ、向かいの住田のボヤキに応える。

「あいつの居眠りも成績も、俺の病気にはなんの関係もない。迷惑かけてもいないものを、病気だからって卑屈《ひくつ》になって謝る必要はないだろう」

「そりゃあ理屈はね、そうだけどね。クラス感情っての？　こう協調性をさぁもっと身に付けたほうが学校では過ごしやすいと思うんだよね」

そういう住田は、協調性の塊《かたまり》のような男だ。

クラスの大半と親しく、人懐《ひとなつ》こくも器用な男を倉知も嫌いではない。

けれど、真似《まね》る自分は想像がつかず、ましてや苦手な相手にまで尻尾《しっぽ》を振るなんて論外《ろんがい》だ。

「だいたい倉知はさぁ、それじゃなくても無駄に目立ってんのに。そういう顔なんだから、大人しくしといたほうが無難《ぶなん》なんだって」

「そういう顔って？」

箸《はし》を止め、上目遣《うわめづか》いにちらりとテーブルの向こうの男を見る。目が合うと、住田は視線を泳がせた。

「だ、だからそういう……あーもう、めんどくさいなぁ、なんでイケメンに気ィ使わなきゃならないんだよ！」

「俺のはイケメンとかそういうのじゃない」

自分の顔については自分がよく理解している。

母親似の顔だ。子供の頃から変質者らしき男によく付《つ》け狙《ねら》われ、電車に乗れば痴漢《ちかん》に遭《あ》った。

どう考えてもそれは世に言う『イケメン』の境遇とは違うだろう。

「あー、イケメンじゃなくてマショウね、魔性顔《ましょうがお》。いいよなんでも、嫌なら俺と代われっての。地味顔なんて悲惨《ひさん》なんだぞ？　コンパでちょっといいなって思った子に後でメール送っても、お断りどころか『誰だっけ？』とか言われちゃうんだぞ？　おまえ、そんなの言われたことないだろ？」

「コンパは行ったことがないから判らない」

「え、一回も？　なんで？」

「興味がない」

「きょ、興味ないって……女の子だぞ⁉　オンナノコ！　おまえ、冷め過ぎだろ。なぁ倉知、前から気になってたんだけど……おまえってさ、楽しいこととかあんの？　大声で笑ってることとか、俺見たことないんだけど」

名残惜《なごりお》しそうに皿に残ったカレールーを掻《か》き寄《よ》せる男の何気《なにげ》ない一言に、倉知は一瞬無言になる。

自嘲的に口の端だけで笑みを作った。

「それは、おまえの笑いのレベルが低いからだ。俺の笑い声が聞きたいなら、笑わせてみろ」

「え……な、なんで俺のせい⁉」

もっともな反論だ。特別なネタなどなくても笑いの絶《た》えない年頃だった。

笑い声は、食堂のそこかしこで響き合っている。

右でも左でも、手前でも背後でも。

なにがそんなに楽しいのかと倉知は思う。

べつに普段の会話を可笑《おか》しいとも思わないから、笑いたくもない。笑いたくないのだから、自分はべつに我慢しているわけではない。

「倉知が笑わないのはさぁ」

隣で黙って焼きそばを食べていた上木原が口を開いた。

「え、なになに？　なんか理由あんの？」

「喬、おまえ……」

住田がすぐさま話に身を乗り出し、倉知は戸惑《とまど》う。

けれど、その唇を突いて出たのは予想にない言葉だ。

「倉知はツンデレなんだよ」

住田と揃《そろ》って『は？』となる。

「つん…でれ？」

「そうそう。知ってるだろ？　表向きはいつもツンツンして天《あま》の邪鬼《じゃく》。アニメやマンガならツインテールが基本」

「倉知は男だし、ツインテールなんかじゃないぞ？」

「雰囲気だよ、雰囲気。ちなみにコレ、今朝倉知が俺に貸したハンカチ。『洗って返してくれないと、許さないんだからね』とか言いながら貸しちゃうわけ、まさにツンデレ」

シャツの胸ポケットから手品でも始めそうな手つきでひらりとハンカチを取り出した男に、倉知は一気に気が抜け溜め息をつく。

「それのどこがツンデレなんだ。ハンカチを貸したところか？」

「判んないかねぇ、この情緒」

「馬鹿らしい。ハンカチごときでなにが判るって……どうした、喬？」

空《から》になった焼きそばの皿を脇に押しのけたかと思うと、上木原はおもむろにテーブルに突っ伏した。

「ダメだ、眠い」

「だったら寝ろよ」

「俺が眠れないの知ってて、そういうこと言う？」

食事中も随分《ずいぶん》大人しいと思ったら、体がだるかったらしい。枕にしたハンカチにこめかみの辺りを押しつけた男は、目線だけでこちらを仰《あお》ぐ。

上木原が学校内でだるそうにしてるのはいつものことだ。

「おまえも大変だな、不眠なんて。一見フツーな分、倉知よりマシだろうけど。昨日何時間寝たんだよ？」

住田の問いに、上木原はテーブルに伏せたまま左手の指を三本立てた。

「三時間か、ちょいしんどいかも……」

「三十分だろ」

倉知が訂正すれば、住田は『えっ』となる。

「そうなの⁉　おまえ、どんだけ寝てないんだよ。寝ろ、寝ろ、俺が子守唄歌ってやっから気持ちよく寝ろ！」

「そんなんで寝れたら苦労しねぇよ」

苦笑する声も力ない。目蓋《まぶた》を閉じて応える男に、住田はどこか感心したような声で言った。

「しかし、おまえらって、見事に割《わ》れ鍋《なべ》に閉《と》じ蓋《ぶた》ってやつだな。起きてられない奴と眠れない奴。二人で睡眠時間移行し合ったりできたらいいのに……」

テーブルに伸びたままの上木原が問う。

「勇《いさむ》、どっちが割れ鍋だ？」

「え、それ重要なとこ⁉」

「どっちが鍋で、どっちが蓋だよ？」

「か、上木原が鍋で、倉知が蓋かなぁ」

「なんで俺が割れた鍋なんだよ？」

「な、夏休みの課題で倉知には世話になってんだよ。だから……」

精一杯のフォローのつもりか、不毛《ふもう》なやり取りをする二人に倉知は突っ込みを入れる。

「バカ。閉じ蓋じゃない、『綴《と》じ蓋』……繕《つくろ》った蓋だ。どっちも壊れてんだよ、だから似た者同士って意味だ」

「なにそれ、そうなの？　倉知は物知りだよな……」

ガタン。背後の大きな椅子音に、住田が言葉を飲んだ。宮木たちが席を立ち、行儀も悪くセルフサービスの食器のトレーを置き去りに、ぞろぞろと食堂を出て行く。

男たちを横目にした住田は、そろりとした小声を発した。

「な、気をつけろよ、倉知？　おまえは病気のハンデに意識が足りなさ過ぎなんだよ」

話が戻ってしまった。

倉知は淡々とした口調で応える。

「大丈夫だ。前に比べれば、発作の回数も落ち着いてる。ピークは去年だったからな」

「これのどこがピーク越えだよ。なぁ？」

上木原は、住田の呆れ声をやや前方を歩きながら聞いていた。

住田の顔は見えない。体か顔を捻《ひね》ればすぐに見えるだろうが、億劫《おっくう》なのでそうしない。

上木原は大荷物となった男を背負《せお》っていた。

放課後、さぁ帰宅しようというときになって机で寝込んでしまった倉知だ。

「上木原がいなかったらさ、一体どうなるんだろうね」

本当にそのとおりだ。頻繁ではないが、倉知は長時間目を覚まさないときがある。今日も、一時間ほど待っても起きないせいで上木原はおぶって帰ることにしたのだ。

三階の教室から来客用のエレベーターをこっそり使って、一階の昇降口へ。グラウンドを使用中の野球部の数人が気づいて、異様な光景にぎょっとした顔を向けてきたが、構わずに正門から表に出る。

日はこのところめっきり短くなり、向かう西の空は真っ赤に染まっていた。

夕焼けを見ると、上木原は決まって一日が始まったような気分になる。日中、目覚めと眠りの境界をふらふら彷徨《さまよ》い、頭も目蓋も半端《はんぱ》に重かったのが、この時刻になると嘘みたいにクリアになってくる。

長い長い、気が遠くなるほど長い夜の始まり。夕日を顔に受けた上木原は、自分でも気づかぬうちに溜め息をついていた。

後方支援で鞄《かばん》持ちとなった男が、脇腹《わきばら》の辺りを小突《こづ》いてくる。

「なんだ、勇?」

「……変なの、いる」

住田の目線の先には、民家の手前の電柱の陰からこちらを窺《うかが》う男の姿があった。

若い男だ。どうやら高校生らしく、制服を着ている。白シャツに明るいブルーのズボン。目

を凝《こ》らせば、ストライプ柄のタイにシャツの胸元のエンブレムも見える。どうやら、この辺じゃ一番の進学校の制服だ。

怪しげに立ってこちらを見ている男は、目が合うと電柱の裏に逃げ込むように身を翻《ひるがえ》した。

「誰か待ってんじゃないのか？」

「倉知が出てくんの待ってんだよ。あいつ、こないだ一緒に帰ったときもいた。なんか気味悪い感じに、駅までこそこそついてきて……ほ、ほらまた！」

電柱を通り過ぎると、確かに背後についてくる気配を感じた。

「またって言われてもな。この状態じゃ走れねぇし。振り返るなよ、構うとややこしいことになりそうだ」

「絶対、倉知が『そんな顔』してっからだよ。夏休み中も電車で痴漢に遭って罵詈雑言《ばりぞうごん》飛ばしたとか言ってなかったっけ？　なんなの、一体。そりゃキレーな顔してるけどさぁ、性格きっついし、野郎が揃いも揃って惑わされるってどうなんだよ」

「揃ってってことはないだろ。おまえだってそういう目で見てないんだし」

「そっか、じゃあ俺とおまえを除いて」

「俺とおまえねぇ……」

あっさり前言撤回《ぜんげんてっかい》。言い直した男の言葉に、上木原はなにか言いかけては口を閉ざす。

背中の感触を急に大きく覚えた。

預けられた体重はずしりと重く、まるで自分にすべてを委《ゆだ》ねてでもいるかのようだ。ただ脱力しているだけだ。眠っているだけ。

そんな風にいちいち確認せずにいられない自分を鬱陶《うっとう》しく思いながら、上木原は歩き続ける。

「おまえは健全でいいよなぁ」

ぼやいたのは聞こえなかったのか、鞄持ちの男は言った。

「ややこしい病気だよな、ナルなんとかっての。これってさ、いつか治るの？　倉知、病院は行ってるみたいだけど」

「年と共に落ち着く可能性はあるよ。元々、若いうちは眠気も強く出やすいらしいし、治療をサボらず気長に続ければ……」

「ふうん、そうなんだ」

「……けど」

「けど？」

視界の先で住宅地の中へ沈もうとしている太陽を見据えたまま、上木原は応える。

「ナルコレプシーは、普通は長時間眠り込んだりはしない。せいぜい十分、長くて二十分くらいだな」

眠気は基本的に短い。短時間の強い睡眠衝動が、短いサイクルで頻繁に訪《おとず》れるのがその特徴だ。

住田は怪訝《けげん》そうに返してくる。

「え、じゃあ倉知なんで寝てんの？　べつの病気なの？」

「さぁね。ナルコレプシーも患ってるのは確かなんだろう。特徴的な症状はみんな持ってるみたいだし、睡眠障害に情動発作に……」

「じょうどう……なに？」

「おまえみたいのがかかったら大変な目に遭う症状だよ」

「え、なにそれ、そんなのあんの？　ていうか、上木原って、倉知の病気に詳しいな。おまえの不眠とは真逆じゃないの？　なんでそんなによく知って……」

「あ」

男の言葉を阻《はば》むように、上木原は一声発した。

微《かす》かなメロディがどこからともなく響いてくる。

「ケータイ。勇、悪い、電話とって。左のポケット！」

歩道で足を止めると、塞《ふさ》がった両手の代わりに、顎《あご》で左腰の辺りを指した。当人以上に焦《あせ》った住田が、あわあわと黒い携帯電話を制服のズボンから抜き出す。

「ほら！」

近過ぎる眼前で開かれた電話に、上木原は身を仰《の》け反《ぞ》らせつつ画面を見た。

「……ななみ？」

「誰？　女？」

「ああ」

「ちっ、ふざけんな。俺なんか一生この地味顔で誰にも見初《みそ》められずに終わりそうだってのに」

住田がさり気なく零《こぼ》したのは恨《うら》み言《ごと》だ。

「いいから、通話ボタン！」

「はいはい」

歩き出しながら、耳に押し当てられた電話に向かって上木原は話し始めた。

「なに、どうしたの？　久しぶり」


鼓膜《こまく》を打つように規則的に響く女の甲高《かんだか》い声で、倉知は目を覚ました。

目が覚めると覚えのない場所にいる。なんて、そう多くの人間が体験するものではないだろうけれど、倉知はもう何度となく経験している。

それにしても、異様な場所だ。薄暗い空間は酷《ひど》く狭《せま》い。

足を伸ばすこともできない場所に、倉知は体育座りで座っていた。なにか頭上から下がったものが顔を撫《な》で、驚いて振り払えば、途端に落下物が頭を打つ。

「……てっ」

プラスチックハンガーだ。

自分はどこかクローゼットのような場所に入り込んでしまっているらしい。

視界の左側から光が差し込んでいた。上下に明かり取りのような隙間がある。触れれば薄っぺらな金属質の扉で、そのまま勢いよく押し開こうとした倉知ははたと手を止めた。

クローゼット代わりに大きなロッカーがある部屋なら覚えがある。

表では、止《や》んだかに思えた女の声がまた響いていた。言葉にもならない声。媚《こび》を帯《お》びた淫猥《いんわい》な声は明らかに嬌声《きょうせい》だ。

隙間から覗こうとしてやめた。覚醒《かくせい》してきた頭に、すでに答えはきっちりと導き出されている。

倉知がロッカーを出たのはそれから三十分後。女が部屋を去る気配がしてからだった。

頃合を計《はか》りつつ扉を押し開くと、部屋の住人は上半身裸のなりで、シャツを頭から被《かぶ》ろうとしているところだった。

「おう、おはよ」

目が合っても、上木原に悪びれる様子はない。

「喬、どういうつもりだ」

「どうって？　おまえまた寝ちゃったからさ、おぶって連れて帰ったんだよ」

「それは……感謝する。けど、なにがどうして俺はおまえの部屋のロッカーに押し込まれてるんだ。おまけに……なんなんだよ、おまえ。よく俺が寝てる傍であんなことできるな」

一部始終聞かされ、堪《たま》ったものではない。

倉知は思わず出てきたばかりのロッカーの扉を叩いた。扉に貼られたポスターでは、なんとなく顔だけは覚えのあるグラビアモデルが、ビキニ姿で悩ましげなポーズを取っている。

同じマンションでありながら、自分の部屋とはまるで違う。

グラビアポスターやらの相違《そうい》ではない。マンションの一室とは思えない、全体的にチープで雑然とした部屋。上木原の部屋は、八階建てマンションの屋上に設置されたプレハブ小屋だ。

元は亡き祖父が、屋上で始めた家庭菜園の休憩用に建てたものだと言っていた。

上木原には両親がいない。子供の頃に他界《たかい》したそうで、詳しく聞いたことはないが、今は後見人の親戚とも離れて一人暮らしだ。

どうやら資産家の一族らしく、上木原にもちゃんとした家はある。八階の一室がそうだ。

そして一室どころか、実際はこの賃貸《ちんたい》マンション全体が上木原の所有物らしいのに、まともな家は物置状態でこの小屋に住み着いている。

本当に変なところのある男だ。

「あ……倉知、もしかして聞いてた？　悪い悪い、急に家に行きたいって電話かかってきたもんだから。おまえどうしようかと焦《あせ》っちゃって」

焦るような人間が、人前でセックスできるものか。

まったく動じている様子のない男を、倉知は据《す》わったままの目で見る。

「俺が邪魔なら、ついでに家に放り込んでくれればよかったんだ。家の鍵なら鞄に入ってる」

「人の鞄を勝手に漁《あさ》るのはちょっと」

「人を荷物みたいにロッカーに押し込んで女とやるのは問題じゃないのか？」

溜め息しか出てこない。

「手間かけさせたのは悪かったよ。けど、人の世話焼くか、女の機嫌取るかどっちか一つにしろよ」

ちゃんと聞いているのかいないのか。シャツを着終えた上木原は、窓際にある安っぽいビニール張りの赤いラブソファに腰を下ろし大欠伸《おおあくび》だ。

「喬、おまえのそういう不誠実さには時々呆《あき》れる。彼女が知ったらショックを受けるだろう。部屋にほかの男がいたなんて……」

「覗いてたの？」

「覗くか、バカ」

「だったらいいじゃん。見てないなら、いないのと一緒じゃん。彼女の顔も見てないんだろ？倉知の知らないコだよ」

上木原は学校の昼休みと同じく、どことなくだるそうにしていた。もう上下とも普通に服を着ているのに、乱れた髪を掻き上げる姿は、何故《なぜ》か目のやり場に困る。

さっき、あんなところを聞かされたせいだ。

「そういう問題じゃないだろう。だいたいこないだの女はどうした、また新しい女か?」

「新しいも古いも、どのコも付き合ってないし。向こうも俺に付き合う気がないことぐらい知ってるよ」

「だったら、どうして寝たりするんだ?」

「どうしてって……気持ちいいから?」

いかにもな返事を寄越された。倉知は眉を顰《ひそ》め、続いた二投目の理由には眉間《みけん》の皺《しわ》が一気に深くなった。

「あーあと、退屈だからかな。どうせ時間潰《つぶ》すなら、気持ちいいほうがいいだろ? 彼女もどうせそれ目当てで来てるんだし」

「最低だな」

「そうかもね。だってしょうがないじゃん、年頃なんだもん、ムラムラしちゃうんだもん。真面目だよなぁ、倉知は」

歌うような調子で上木原は言い、倉知は低く棒読《ぼうよ》みで返す。

「俺はセックスは嫌いだ」

一度も目を合わせずに欠伸だの伸びだのしていた男が、驚いてこちらを見た。

「うわ……十代の男がエロいこと全否定? そういうのはさ、もっとちゃんといろいろやってから言ったほうがいいよ」

「余計なお世話だ。おまえこそ、やりすぎなんだよ」

言葉に反応したように、上木原が立ち上がる。真っ直《まっす》ぐに近づいてくる男に、倉知は無意識に身構えた。

「な、なんだよ?」

「扇風機《せんぷうき》、そこ。やっぱ九月はまだ運動すると暑いな」

倉知が一歩ずれると、上木原は窓のカーテンレールの上に取りつけられた小さな扇風機に手を伸ばす。

レトロなインテリアなのか、単にボロいだけなのか判らない黒い扇風機が、今にもプロペラをふっ飛ばしそうな音を立てながら緩《ゆる》い風を送り始める。

満足そうに風を受ける男は脈絡《みゃくらく》もなく言った。

「なぁ、前から訊きたいと思ってたんだけど……倉知って童貞なんだよな?」

ろくでもない問いに、眉間が緩む暇もない。

「なんだその質問は」

「いや、途中で眠っちゃったらHとか満足にできないだろうなぁと思ったんだけど」

上木原はぱっと後ろを振り返った。背後に突っ立ったままの自分のほうへとまたずいっと寄ってくる。

今度はなんの用だと思った。ロッカーの荷物か、タオルでも取るつもりなのか――

「なぁ倉知、おまえさ……好きな女できたら、俺にはちゃんと教えろよ？」

不意打ちの言葉を投げかけられ、不覚にも鼓動が乱れた。首を傾《かし》げるようにして顔を覗き込んでくる男の髪の先が、扇風機の風に押されて頬を一瞬撫でる。

「な……」

「もし上手くできそうになかったら、俺が手取り足取り手伝ってやるよ」

胡散臭い笑みを浮かべる男を、倉知は見上げた。

「ば…バカか、そんなことまでおまえの手を借りるわけないだろ。余計なお世話だって、何回同じこと言わせるつもり……」

「いや、世話じゃなくて、単におまえのHに興味があるだけなんだけど」

「は？」

「お堅いおまえがどんな顔ですんのかな……とか、やっぱたまんなくなったらエロい声出しちゃうのかなぁとか……ピュアな好奇心？」

そろそろ眉間が疲れてきた。頬までひくつきそうになり、ドンと突くように男の胸元を押しやる。

「……どけよ、帰る」

――どこがピュアだ、純粋だ。

「え、もう？　夕飯食ってかない？　ピザでも取ろうと思ってるんだけど、二人分頼んだほうが安上がりなんだよね。ほら、Mサイズ頼んだらドリンクサービスってチラシがさ……」

部屋の真ん中の、雑誌やら教科書類で埋まった丸テーブルから、ごそごそとチラシを探り出そうとしている男をそっちのけで、倉知は出口に向かう。途中、テーブルの足元に置かれていた自分の鞄に気づいて拾い上げた。

「勝手に一人で食ってろ」

外に出る間際言い捨て、薄っぺらなドアを閉じる。ははっと笑う上木原の声が聞こえた気がして、ますます向かっ腹が立つ。

まともな会話をしようとして馬鹿をみたとしか言いようがない。

表はもう真っ暗だった。

プレハブ小屋の外はだだっ広い屋上で、頭上には星が煌《きら》めいていたけれど、倉知はちらとも見上げずに荒い足取りで階段口に向かった。


倉知の家は五階にある。

鍵を使ってドアを開けようとすると、思いがけず中から扉がぱっと開いて驚いた。

「馨くん！　心配して何度も電話したんだよ！」

出迎えたのは、従兄弟の優一だ。

「た、ただいま、優一さん……電話？　あ…ごめん、学校で携帯マナーモードにしたままだった」

まるで数日家に戻っていなかったかのような勢いに、倉知は戸惑いつつ鞄に押し込んでいた携帯電話を取り出してみる。

ぎょっとなった。

時刻は八時前。

着信、二十二件。

「それで？　どこに行ってたんだ？　なんでこんな時間になったの？　連絡できないような場所にいたのか……馨くん？」

スクロールしても延々と並んでいる優一からの着信履歴の画面を見据え呆然となる倉知は、軽く肩を揺すられて我に返る。

「あ……ごめん、ずっと上木原のとこに。久しぶりに放課後に発作きて、それで連れて帰ってくれたみたいなんだけど……」

「発作？　長い時間だったの？　だったら保健室に来ればよかったんだ。上木原くんはどうして勝手に連れて帰ったりしたんだ。君の指示じゃなかったんだろう？」

「か、勝手にっていうか、俺が寝てたから、あいつは自分で判断するしかなかったわけで……」

「だったら尚更、彼は僕のところに相談しに来るべきじゃないか」

優一の剣幕《けんまく》に押され、倉知は言葉をなくした。

確かに優一にはそれを言う権利がある。優一はまだ二十五歳と若いが、ただの従兄弟ではなくこの家の家主《やぬし》であり、まだ未成年の自分の保護者だ。

両親は傍にいない。父親は倉知がまだ小さな頃に病気で他界してしまっており、精神的に不安定なところのある母親は、倉知が小学生のときから祖父母と一緒に海外で療養生活を送っている。見渡す限りブドウ畑の片田舎。フランス人である祖母の生まれ故郷だ。

「だから、最初から登下校は一緒にしようって言ってるのに」

納得がいかないといった声を、優一は発する。全体的に線の細い風貌《ふうぼう》の優一は、身長も倉知とそう変わらず、けして威圧的《いあつてき》ではないが神経質さが顔立ちに表れている。

今も薄い唇を噛《か》み締《し》め、神経を尖《とが》らせているようだ。

「そんな目立つ行動したら、優一さんまで学校で反感買うだけだよ。今でもいろいろ言う奴がいるんだ」

「反感なんて。病人を手助けするのが僕の仕事だよ」

優一は倉知の通う高校の教員だ。養護教諭《ようごきょうゆ》。いわゆる保健室の先生で、去年までは市内の女子高にいたところを転任してきた。

急な話だった。直前まで倉知も聞かされておらず、自分の通う高校になったのは偶然とは思い難《がた》い。

優一は、はっきりいって異常に過保護だ。

以前は少し年の離れた兄のような存在に思えていた優一と、距離を置きたくなったのはいつからだろう。干渉《かんしょう》が煩《わずら》わしいからか、自分が曲がりなりにも思春期だからか。

「優一、いつまでそこで話すつもり？　小言《こごと》はその辺で許してあげなよ」

ひょいと廊下に男が顔を出し、倉知は驚いて視線を向けた。

「松谷《まつや》さん……来てたんですか。お久しぶりです」

「どうも、久しぶりだね」

健康的に日焼けした背の高い男は、優一の大学時代の友人で松谷だ。下の名前は知らない。けれど、幾度《いくど》となく家に来ているので倉知も顔見知りになっている。

まだ靴すら脱いでいない倉知に、優一はようやく気づいたように言った。

「ま、まぁ、とにかく何事もなくてよかったよ。入って……あ、待って」

「ああ……」

家に上がろうとすると、焦ったように引き止められた。理由は判っている。葬式帰りでもあるまいに、優一は玄関に用意した塩を振りまき始める。

六曜《ろくよう》に風水《ふうすい》、果ては各種おまじないに至るまで、優一は縁起担《えんぎかつ》ぎを欠かさない。西向きの玄関は黄色、北向きのリビングには暖色系のソファ。家中の色彩にその影響は表れている。

朝食は主にフルーツ。健康のためかと思いきや、出がけに果物を取るのは厄災《やくさい》を祓《はら》うとかで、ここまで徹底すると多少巻き込まれても文句を言う気にもなれなかった。

これも性分。真面目過ぎるゆえなのだろう。

自分からなにが祓われたのか知らないが、満足そうな従兄弟の表情を確認し、倉知は家に上がる。

鼻腔《びこう》を擽《くすぐ》るいい匂いが、廊下の先からは漂《ただよ》ってきていた。

「もしかして松谷さん、夕飯作ってくれたんですか？」

松谷は笑みを浮かべる。

「当たり。ビーフストロガノフは好き？」

「ええ」

松谷はちょっと変わった男だ。優一と同じ大学だったといっても二年の途中で退学しており、調理師学校に通い直して、現在はレストランに勤めている。自分には合わないと感じたからだそうだが、そんな思い切った転身は誰にでもできるものじゃない。

たまに来ると、夕飯を作ってくれる。食の細い優一が、ろくなものを食べてなさそうなのが気になってとかなんとか。

倉知は自室に鞄を置きに行ったついでに着替えをすませ、三人で食事を始めた。二人もちょうどこれからだったらしい。

家で優一以外と食事をするのは久しぶりだ。

「へぇ、馨くんをおぶって帰るなんて力持ちな友達だねぇ。馨くん痩《や》せてるけど、小さくはないし大変だったんじゃないの？」

帰りが遅くなった経緯《けいい》を話すと、松谷は感心した声を上げた。

「ええ、たぶん……」

倉知は小さく頷く。

判っている。気紛《きまぐ》れや安い同情でできる行いじゃない。けれど、上木原ときたらあのとおりで、自分の不快感を煽《あお》るような言動を露悪的《ろあくてき》なまでにやったりと、本音がどこにあるのか今一つ判らない。

単なる価値観の違いなのか。

屋上のプレハブ部屋で言われた言葉を思い出すと、やっぱり腹立たしい。三年も一緒にいるのだ。自分が苛立つと確実に知っていながら言っているのに胸がむかつく。

倉知は口に運んだ肉を、苛々《いらいら》と嚙み締める。

「まぁ、でもあれだね……実際、俺も友達に目の前で倒れられたら、どうにかしようとはするだろうけどさ。な、優一？　もしおまえが倒れても連れて帰ってやるよ」

優一は先程から黙り込んだままだ。上木原の行いを、松谷が肯定的《こうていてき》に褒《ほ》めるものだから面白くないのだろう。

「僕は遠慮するよ」

「なにその、ありがた迷惑みたいな反応。ここ、友情に感激するところじゃないの？」

「友情って、格好《かっこ》つけることじゃないだろう」

「カッコって……」

松谷は呆気《あっけ》に取られた顔で繰り返す。

「とにかく成り行きは判ったけど……彼は他人なんだから、あまり当てにするのはどうかと思うんだ。困ったときはまず僕に連絡してほしい」

「相変わらず優一は馨くんに過保護だなぁ。だいたい、他人って……馨くんの友達でしょ？」

「口出ししないでくれよ、松谷。友達だって他人だろう？　僕はその……預かってる責任があるんだ。夜道や駅で寝込んで、なにか間違いでもあったらどうするんだ」

黙って話を聞いていた倉知も、目を瞠《みは》らせた。

「ま、間違いって……そんな大げさな。俺は女の子じゃないよ」

「大げさじゃない。馨くんだって、知ってるだろう」

不思議そうな顔をしたのは松谷だ。

「なに？　なんかあんの？」

「馨くんのお母さんのことだよ。馨くんにとてもよく似ていて、綺麗な人なんだ。まるで……取り込まれたみたいにみんな夢中になるせいで、危ない目にもたくさん遭ってるんだ」

大げさでなく、それは事実だった。

倉知はクウォーターに当たるが、母親は半分異国の血が流れている。並外れた美貌《びぼう》の持ち主だ。

美人なんて世の中いくらでもいる。なのに、普通じゃない。なにか内から放たれるものでもあるのか、皆狂わされたようになる。

優一は、上木原の話が出ていたときとは打って変わり、母親の話になると饒舌《じょうぜつ》になった。

「へぇ、なんかおまえがそんな真剣に女性の話するのなんて初めて見るかも」

説明を受けた松谷は、妙なところに感心している。

「ユリア叔母さんは特別なんだよ」

「そこまで言うなら俺も会ってみたいな。写真とかないの？」

松谷も男だ。興味津々《しんしん》の顔になり、倉知は思わず口を挟んだ。

「あの人には会わないほうがいいですよ」

突き放した声に、驚いた表情を向けられる。

「え……どうしたの？　なんか、馨くんらしくないな……自分の親を『あの人』だなんて」

「あ……そうですね。すみません」

謝りつつも、納得したわけじゃなかった。

良くも悪くも、普通とは違う母親だ。

会えば松谷だって魅入《みい》られてしまわないとも限らない。

現在、日本を離れている母親は、お姫様のような生活を送っている。いつまでも少女のまま、おとぎの国にでも生きているみたいな彼女に、誰も彼も我を忘れて虜《とりこ》になる。恋情が高《こう》じてストーカー化したなんて可愛らしいもので、相手にされないと絶望して自《みずか》ら命を絶った者、『一緒に死のう』なんて騒いで警察に引っ張られて行った者までいる。

恋は破滅《はめつ》を導く。そのためか知らないが、愛したはずの父親まで早くに先立ってしまった。

ファムファタール。魔性なんて言葉がよく似合う。

倉知が最後に会ったのは二年前。母親はまるで時でも止めているみたいに、若い頃のままだった。

「親父も、馨くんのお母さんのことはよく話してたね」

すっかり食事の手を止め、優一はしみじみと思い出しでもしたかのように言った。

倉知は、どきりとなる。

小学生のときに倉知の親代わりになったのは、当時まだ高校生だった優一ではなく、伯父である優一の父親だった。その後、伯父が交通事故で他界したことによって、成人していた優一が自分の保護者となったのだ。

医者の伯父は裕福《ゆうふく》で、優一の母親とは早くに離別しており独身だった。小学生のとき伯父と暮らすのを選んだのは、住み慣れた日本がいいという理由だ。

けれど、伯父の死後に一時はフランスへ行きながらすぐに戻ってきたのは、母親の元にはいたくないという理由だった。

母親を見ると不安になる。

まるで飲まれてしまいそうで。自分までもが同化してしまいそうで――

さっきまでの調子が嘘のように、優一は揚々《ようよう》と伯父の話を続ける。

「よく言ってたよ、親父も。馨くんがお母さんにどんどんそっくりになってきたって」

成長するに連れ、母親に似てしまった顔。性別の違いで隔《へだ》たりの出てきた今よりも、もう少し子供の頃が一番似ていた。

もしもこの顔が似ていなかったら……そう思う瞬間は、度々《たびたび》ある。

とりあえず、あんな悲劇的なことは起こらなかっただろう。

「親父はお母さんの大ファンだったからね。馨くんのお父さんの幸生《ゆきお》叔父さんに彼女を取られてしまったなんて、酔った拍子《ひょうし》に管《くだ》巻いてたこともあったよ」

黙り込んでしまった倉知の変化にも、優一は気づく気配もない。

優一は、本当に知らないのだろうか。

十歳のときに預けられ、伯父と三人一緒に暮らした。小学校四年生だった。そして五年生も半ばを過ぎ、三学期に入り――

「親父も、馨くんの成長を見たかっただろうな」

「まったくだな。あんなに若くして亡くなるなんてな……」

松谷が倉知の代わりのように反応する。

それから話は次第に松谷の職場のことや、日常の話題に移っていき、倉知もまた時折相槌《あいづち》を打ちつつ食事をした。

「ごちそうさまでした、本当にすごく美味《おい》しかったです」

食事を終えて立ち上がる仕草を見せると、松谷がまだ話したそうに言う。

「え、もう引っ込んじゃうの？」

「すみません、勉強しないと」

倉知は自分の食器を重ねてシンクに運んだ。

「うわ、やっぱ真面目だなぁ、馨くんは。俺、勉強なんてテスト前しかしなかったわ」

「そんな褒められるようなもんじゃないですよ。松谷さん、ゆっくりしていってください」

「馨くん……」

「優一さんも、それじゃ」

一緒になって引き止めようとする優一にも声をかけ、自室に向かった。

久しぶりに会ったのなら二人で話したいことだってあるだろう。

けれど、倉知はべつに勉強を言い訳にしたわけではなかった。

周囲がどう思っているか知らないが、なにもしなくて成績を維持《いじ》できる者などいるわけがない。倉知は授業をまともに聞いていられない分、自宅での学習時間は人一倍必要としていた。

部屋に入るとすぐにそのまま机に向かう。頭が冴《さ》えている時間なんて限られるから、有効に使わなくてはならない。夜間の眠りが足りないと、それだけ日中の眠気は酷くなるため、就《しゅう》寝《しん》も早寝を心がけている。

眠る。起きる。眠る。起きる。

誰もがそれなりに規則性を持って暮らしている。自分はそれよりもちょっとだけ、規則と制約を増やす必要があるだけだ。

部活は一度も経験がない。アルバイトも、去年夏休みに簡単な倉庫作業のバイトをやってみたけれど、居眠りを見咎《みとが》められてすぐに首になった。

病気については話さなかった。説明されても困るだろう。怠けと思うか、必然と思うか。理由がなんに変わったところで、自分の作業効率が悪い事実に変わりはない。

倉知は判っていた。

症状が改善しないまま社会に出れば、もっと状況は厳しくなる。それに比べれば学校なんて、ぬるま湯に浸《つ》かっているようなものだ。

夜は短い。いつまた眠気が来ないとも限らないのに、のん気に遊んでいる時間はない。

夕飯を済ませた後は、十時過ぎまで勉強。それから風呂に入り、十一時には布団に入る。そのまま眠りにつけば八時間は睡眠時間を取れる計算だが、実際はいつもそれよりも短い。

夢を見るからだ。

すんなりと入眠《にゅうみん》することができないのもまた症状の一つだった。そもそもナルコレプシーの原因は、レム睡眠のサイクルが安定せず、ありえないタイミングで現れたりと睡眠に関わる脳波《のうは》が乱れていることだ。様々な形でその影響は出る。

誰もが目覚める間際に見る夢を、倉知は眠りに入ると同時に見た。

大抵はよくない夢だ。倉知は底のない沼で溺《おぼ》れ、テロリストにマシンガンで撃《う》たれ、空から降り落ちる巨大な重機《じゅうき》に一瞬の間に潰《つぶ》される。

どれも悪夢ではあったけれど、倉知にとって嫌なのは、そんな非現実的な夢の数々よりも日常の夢だった。

『馨くん』

その夜、倉知はまた夢を見た。

今夜は、来るだろうなと思っていた。

久しぶりに思い出さずにはいられなかった。

『馨くん、馨くん』

誰かが自分の名を呼んでいる。

誰かが、自分に触れている。体を撫で回す。ひどく気持ちが悪いけれど、自分は動けない。

動いちゃいけない。

そう言われていたから。

『馨くんは、本当にお母さんによく似てるね』

誰か、じゃない。ちゃんと判っている。

あの大きな手だ。目を瞑《つむ》っていても判る。いつも荒れていて、少しカサついていて、時折消毒液のような薬品の刺激臭を感じた。

病院の匂い。倉知は普通の子供と同じく注射が嫌いで、病院は怖かった。だから男のことも最初苦手だったけれど、それも共に暮らすうちに平気になり始めた頃だった。

『気持ちいいだろう？』

男は自分に触れるときよくそう口にした。

まるで、自分が肯定すればその行為は不当ではなく、正当であるかのように何度も何度も尋ねた。

そんなことを言われても、あの頃倉知はそれがどういう行為かおぼろげにしか判っていなかった。ただ、首を横に振ると行為が長引くだけなのを何度か繰り返すうちに学習したから、三回に一回は頷くようにした。

倉知は賢い子供だった。

通知表はいつも誇《ほこ》らしい成績で、褒められるのは嬉しかったけれど、五年生の二学期を最後に男に見せることはなくなった。

男は自分を抉《こ》じ開《あ》ける。

やっぱり嫌だ、と思う。

『……いやだ』

夢の中で声を絞《しぼ》り出《だ》す。

『やだよ、おじさん』

自分の声はひどく頼りなくて、幼い。

抵抗しようとするのに動けない。悲鳴を上げようとしても、大きな声は出せない。ぐずるようにただ啜《すす》り泣《な》く自分の声すら不快で、夢の中で倉知は『黙れ』と強く思う。

男はいつも深夜に自分の部屋にやってきた。

いっそ眠ったまま朝を迎えられたなら、気づかぬうちになにもかもが終わっていたらいいのにと思っていた。

目覚めなければ、怖いことなどなにもないのに。


小さな鳥が、騒がしく表の樹木の枝を跳ね回っている。

ブラインドの隙間から差し込む朝日は、カウンセリングルームを白々しいまでの明るさで染め上げる。

「休薬日《きゅうやくび》を増やしてみましょう。薬の耐性《たいせい》をどうにかしないと」

机の上でボールペンの背を弾《はず》ませるようにコツコツと鳴らしながら、女性医師は言った。

定期的に通っている病院だ。登校前の朝一に来院した倉知《くらち》は、制服姿で丸椅子に座り、医師の言葉に軽く頷く。

「それから、こっちだけど……」

白衣の手が掲《かか》げ見ているのは、提出したばかりの睡眠記録表だ。治療に役立てるべく、睡眠に関する記録を毎日細かくつけることになっていた。

「しばらくこっちは落ち着いてたのにね。倉知くんはＨＬＡの検査結果が陽性で、総合的に見てナルコレプシーに間違いないと思うんだけど……この長時間の眠気は、それでは説明がつかないの」

自信なさげに声のトーンが落ちる度《たび》、女医は意識的に上げる。

「特発性過眠症《とっぱつせいかみんしょう》のようでもあるけど、でもそれならカタプレキシーやほかの症状に説明がつかないし、起き続けるのが困難なほどの強い眠気も当《あ》て嵌《は》まらない」

以前も耳にした説明。続く言葉も、倉知にはだいたい想像がつく。

「睡眠障害の多くは心因《しんいん》が関わってくるの」

「はい、知ってます」

「倉知くん、思い当たることは本当にない？　些細《ささい》なことでもいいのよ？　心に引っかかってるような……なにかない？」

倉知は、ほとんど間髪入《かんはつい》れずにこりと笑んだ。

「ええ、ありません。強《し》いて言えば、来年の受験をどうしようかと思うぐらいですね」

進学先への迷い。でも、そんなものはこの年齢なら皆抱《かか》えている問題だ。

医者が欲しがっている話は判《わか》っている。

『あれ』を話せば飛びついてくるだろう。

けれど、倉知は誰にも話すつもりはなかった。原因かどうかなんて判らない。あの日々から一年と経《た》たないうちに、伯父は車の事故で死んだ。高速道路でのスリップ事故。スピードの出し過ぎだった。

倉知の睡眠障害が現れたのは、それからさらに半年以上が過ぎてからだ。

ある日ひょっこりと始まり、病院へ通い出すまでにもまた時間がかかった。ナルコレプシーは病気の自覚にも、周囲の理解にも時間がかかる。

「受験……そう、早いわね。こないだ高校に入学したばかりだと思ってたのに、もう大学受験だなんて」

『私も年を取るはずね』などと普通の女性みたいな呟きを零《こぼ》す女医に、倉知は話をはぐらかすように問う。

「先生、そういえば上木原《かみきはら》くんは最近来てますか？」

「え？　上木原くん？」

「はい。彼も先生が担当でしたよね？」

「ああ……倉知くんとはお友達だったかしら」

訝《いぶか》る顔に微笑《ほほえ》みかけた。自分の笑みが相手の気持ちを容易《たやす》く解きほぐすのを、倉知は知っていた。

「同じ中学で、今も高校でクラスメイトです。よく一緒に登校してるんですけど……病院にはついて来ないんで、どうしてかなと思って。どうせなら病院も一緒に通えばいいじゃないですか」

上木原と通いたいわけじゃない。ただ、普段はどこでもついて来るような男が、病院だけは知らん顔だから不思議でならない。

一度聞いてみたことがあるけれど、いつもの調子でのらくらと話をはぐらかされた。

「ど、どうしてって……どうしてかしらね」

コツコツコツコツ。女医は倉知の問いに落ち着きをなくしたように、ボールペンの背をさっきよりも早い速度で弾ませる。

「恥ずかしいんじゃないのかしら？　大人の中にも、神経科ってだけで隠したがる人もいるのよ。思春期だもの、お友達と通うのは抵抗があるのかも」

上木原でなければ納得した答えだ。

でもそんな奴じゃない。女とのセックスの場に自分を平気で寝かせておくような男だ。

そもそも、上木原と初めて言葉を交わしたのは病院だった。

「じゃあ次はまた来月、時間は午後四時でね」

一通り話を終えると、倉知はカウンセリングルームを出た。

医師も複数いる比較的大きな病院だ。予約制だが、待合室には結構な患者の姿がある。倉知は奥の長椅子の端に腰かけた。

きっかけは、ここだ。

中学二年生の夏休み。カウンターで会計を済ませているときに、上木原と鉢合《はちあ》わせた。

代金を払い終えて財布をしまっていたところ、『上木原さん』と呼ぶアナウンスが響いて、どっかで聞いた名前だななんて思いながら振り返ると、背の高い男が後ろに突っ立っていた。

「あ、倉知」

一瞬で向こうは判ったようだけれど、倉知はすぐに気づかなかった。

私服姿の上木原を見るのは初めてで、当時から中学生には見えない体つきで妙に大人びたところがあった。身長の伸びの遅かった倉知との差は、今の倍近くあったように思う。

「おまえも通ってんの？」

「あ、うん」

なんて、神経科の待合室で間抜けな会話。知らん顔で帰るのも気まずい気がして会計が終わるのを待ってしまったのは、正しかったのか間違っていたのか。

「おまえ、なんで通ってんの？」

入り口の自動ドアを並んで表に出ながら、上木原が言った。コンビニか近所の本屋で居合わせでもしたみたいにあまりに何気ない調子だったから、倉知もあっさり答えた。

「ああ、ナルコレプシー。判る？」

「え……俺、不眠症」

ぷっと上木原は噴き出した。

「なにそれ、全然違うのに似た者同士っぽい」

話したのはその程度だったけれど、昨日まで頭の隅にも上《のぼ》らなかったクラスメイトが、特別な存在に変わった瞬間だった。

倉知はあのときと同じ自動ドアを一人で潜《くぐ》る。

目を細めた。日も高く上り、表は眩《まぶ》しいほどの明るさだ。駅に向かおうと歩き出したところで、ズボンポケットの中の携帯電話が震えた。

上木原からのメールだった。

『病院、終ゎったぁ？　どぅだった？　今、二時間目。井上《いのうえ》の授業たるぃょ～、退屈で死ωじゃう。馨《かおる》ちゃω、来なくτ大正解☆』

ふざけたギャル文字メール。心配してるのだか、バカにしてるのだか判らない。

倉知は足を止めて思わず呟いた。

「……だから、なんなんだよおまえは」

学校に着いたときには十一時を過ぎていた。

三時限目は理科だ。実験のはずだから移動だろうと思いつつ教室に辿《たど》り着《つ》けば、中はやけに騒がしく、移動どころか授業中の気配もなかった。

しんと静まり返った廊下の途中で、自分の教室だけが賑《にぎ》やかに浮き立っている。後方の引き戸を開けると、半《なか》ば休み時間のような光景が広がっていた。

「なにやってんだ？　授業は？」

窓際の机に向かう途中、住田《すみだ》に声をかけた。

「ああ、文化祭の出し物決め。こないだのホームルームで纏《まと》まってなかったろ？　エンドーちゃん、今日はハライタで午前中休みだってさ。オヤジがいい年して腹出して寝たのかねぇ。文化祭の準備に時間使っていいって」

言われてみれば、黒板に文化祭の案らしきものが書き立てられている。

文化祭は十一月の予定だ。前回のホームルーム同様に話は進展せずにいるのだろう。

理想は、楽でなおかつ他クラスより見栄《みば》えのする出し物。そんなハードルの高いアイデアを他力本願《たりきほんがん》のクラスメイトたちで得ようなんて無理に決まっている。

「倉知くん、これはお早いお越しだこと」

席に着こうとすると、嫌な奴と目が合った。二人ほど集まっている仲間と話をしていた隣席の宮木《みやぎ》が、ご丁寧に声をかけてくる。

「くだらない嫌味はいい」

教科書を鞄《かばん》から机に突っ込みながら言い捨てる。男が隣で大げさに肩を竦《すく》める気配を感じた。

「そら悪かったね。優等生の倉知くんは、授業じゃなかったら来ないぐらいだもんなぁ。くだらない文化祭の話し合いなんて、アホらしくて参加してらんないんだろ？」

「自習になってるのも知らなかったよ」

「へぇ、どうだか」

自分だって喋《しゃべ》るばかりで、話し合いなんてまるで参加していなかったのだろうに、よく言う。中身のない正義感をチラつかせる男は、突然意欲たっぷりであるかのように声を張り上げた。

「そうだ、いいネタ思いついた！　倉知に女装で接客やってもらうってのは？」

黒板に並んだ案は飲食関係も目立つ。宮木の声に教室がざわりとなったのは、再び勃発《ぼっぱつ》ムードの小競《こぜ》り合《あ》いのためか、くだらないアイデアに反応してか。

注目を浴び、男は得意げになる。

「男ばっかでなにやったって客入んねぇもんな。コイツなら、女みたいな顔してるから目立つんじゃね？」

倉知は、『やりたくない』とは言わなかった。

「やめとけ」

「なに？　ご不満？　話し合いにも参加してねぇで、嫌だとかごねられる立場だと思ってんの？」

「おまえのために言ってんだよ」

「はぁ？」

座ったばかりの椅子から立ち上がる。呆気《あっけ》に取られている宮木のほうへ、机の間を一歩歩み寄ると身を屈《かが》めた。

「俺に惚《ほ》れたいのか？　身を滅《ほろ》ぼすぞ」

近づけた顔。倉知が至近距離で微笑みかけると、負けまいとでもいうように睨《にら》み返《かえ》していた男は、椅子の上の体を引かせた。

「な…に言ってんだ、おま……」

「ああ、もしかしてすでに惚れてるとかか？　じゃなきゃ野郎のスカート姿見たいなんて言い出さないよな、普通」

「み、見たいなんて言ってねぇだろ」

「そう？　いくつになってもいるんだよ。イジメなんてガキレベルの方法でしか、好きな相手の気を引けない奴は……」

辛辣《しんらつ》に続けるつもりだった言葉は、突然遮《さえぎ》られた。ぐっと制服のシャツの背中を引っ張られ、倉知は不服そうに振り返る。

耳元に声を吹き込んできたのは住田だ。

「やめろ、倉知。ちょっと、こっち来いよ、こっち！」

「なんだ？」

後方の住田の机に移動する。わざわざ近づいてきたぐらいだ。なにか用でもあるのかと思えば違っていた。

「ヒヤヒヤさせんな。なんでそんなに態度がデカいんだよ」

単に無駄な争いをやめさせたかったらしい。

気の優しい男だ。空《あ》いている背後の席に腰を下ろす倉知を、心配げに見上げてくる。

「宮……を刺激すんなよ。そういうのも人徳ってのか？　おまえ、運がいいっていうか、普通だったらとっくに苛《いじ》められてるぞ？」

「大人しく黙っててでも相手をつけ上がらせるだけだ。エスカレートして、いずれろくでもない目に遭《あ》う」

「よく言うよ、そんな持論《じろん》。苛められたことなんかないくせに……」

断定的に言い放つ男に、倉知は顔色一つ変えずに言った。

「あるよ」

「え？」

「中学の頃は苛められっ放しだったな」

「嘘っ」

「嘘言ってどうすんだよ。息してるだけでも絡《から》まれんだよ、俺みたいなのは」

黙っていれば調子に乗られ、反抗的になれば生意気だと叩かれる。学校なんて微妙な力関係の上に成り立っている。

ちょうどいい位置を探れない自分が悪いのか。

「……なぁ、喬《たかし》は？」

倉知はふと教室を見回した。

「あれ、そういえば二時間目終わった後から見ないなあいつ。たぶんどっかでサボってんじゃないの？　文化祭なんて興味ないって感じだったし」

「サボるって、どこでだ？　やりたい放題じゃないか」

人徳なんて言葉を持ち出すなら、上木原のほうがよっぽど当て嵌まるだろうと思った。

自由奔放《ほんぽう》、気ままな学園生活。それで、だれも咎《とが》めるどころか、陰口《かげぐち》の一つも叩かない。

この学校では、真面目こそが異分子《いぶんし》だ。郷《ごう》に入《い》りては郷に従え。上手《うま》いこと周囲に馴染《なじ》んでいる上木原は器用な男に違いなかった。

「あ、もう多数決取るみたい」

前を見ると、文化祭委員に選ばれている男が、どうにか案を纏めにかかっている。のん気な調子で住田が言った。

「なぁ倉知、なにがいい？　女装すんならカフェだろカフェ、メイド喫茶！」


「そういえばあたし、こっちの校舎来るの久しぶりかも」

窓を開けても、資料室には籠《こ》もったような熱気が立ち込めていた。

ずっと閉め切られていたらしい窓の鍵は、錆《さ》びついてでもいるかのように動きが悪かった。

並んだスチール棚には、開いただけでぼろりと表紙の外れそうな古い本や、いつのものか判らない綴《と》じられた資料やらが積まれており、少し埃《ほこり》っぽい。床は膝《ひざ》をついた途端、制服のズボンがうっすら白くなった。

上木原は、窓から差し入る日差しから逃げ込むように、部屋の隅にいた。

壁に片腕をついた身の下では、女子生徒が擽《くすぐ》ったそうに笑っている。隣校舎の英文科の子だ。

「ね、なんか授業サボって資料室ってやらしくない？　秘密っぽい」

「そう？　俺はシチュとしては保健室のほうがエロいと思うけど」

秘密でもなんでもない。そりゃあ授業中に不純な異性交遊とくれば、こそこそするしかないけれど、道ならぬ恋などではない。

たまたま揃《そろ》って授業が自習だっただけだ。『タイクツ～、最近会ってないね。なにやってんの？』なんてメールが来たから、ふらふらと教室を出て顔を合わせた。

たまたま都合が合って、たまたま鍵の開いた資料室があって――そして、たまたま彼女の制服のスカートに手を突っ込んでいるというわけだった。

「秘密ってのはもっとこう……」

するりとたくし上げたスカートの裾《すそ》から、むっちりとした太腿《ふともも》が露《あら》わになる。手のひらに受ける感触は明らかに女のものであるのに、その思いがけない白さに、上木原は余計なことを思い出さずにいられない。

あれも、ちょうどこんな場所だった。

倉知をまともに認識したきっかけだ。

最初に言葉を交わしたのは病院の待合室だったけれど、そのときの印象は上木原にとってあまり大きなものではない。クラスの真面目そうな美少年が、自分と同類の睡眠障害で、面倒な病気を抱《かか》えていたという意外性だけだ。

それは、夏休みも明け、だいぶ経《た》ってからだった。

中学校の二階だか三階だかにあった資料室。放課後、その部屋を訪《たず》ねようとした理由を、上木原は覚えていない。すべて、すっ飛んだようになっている。

記憶は引き戸に手をかけたところから始まる。

中で声が聞こえた。普通の教室の三分の一もあるかないかの狭い部屋の中で、複数の男子生徒の声がざわめくように響いていた。

不穏な声。『脱がせろ』とか『押さえろ』とか。それと、荒い息遣い。

がらっと扉を開けた上木原の目に飛び込んできたのは、四人か五人の生徒に取り囲まれ、床に押さえつけられている男の姿。

『苛めかよ』と、胸糞《むなくそ》悪い気分になった。

けれど、ただそれだけのはずなのに、床に転がされている男が倉知だと判った途端、不快感だけでない激しい焦燥感《しょうそうかん》みたいなものが湧《わ》いてきた。

「なにやってんだよ？」

割り込んでいくのを、上木原は躊躇《ためら》わなかった。

「なにやってんだ、テメエら？」

低い声が出た。自分の喉奥《のどおく》から飛び出した声が他人のもののように思えてならず、どこか不思議な気分だった。

恫喝《どうかつ》。生まれてこの方、そんな行いをしたのは初めてだった。特に誰かに教えられたわけでもないけれど、物心ついたときから事なかれで、のらりくらりと面倒は避けて過ごす性格だった。

恵まれた長身のおかげもあるだろう。手前にいた一人の胸倉《むなぐら》を掴《つか》み上《あ》げると、そいつらはすぐに弱腰になって言い訳めいたことを口にし始めた。

床の上の倉知はその間ずっと無言だった。

顔はともかく、性格的な印象はクラスの中で薄かった男だ。その頃の倉知は、今とは随分違っていた。まだ幼いところがあったからか、体の成長が遅くてクラスでも小さなほうだったからか。大人しく控《ひか》えめな生徒で、なにかの弾みによくない奴らに目をつけられても仕方がない存在に思えた。

「倉知、おまえ大丈夫か？」

手を差し出すと、倉知はのろのろと、けれど自力で立ち上がった。

床には脱がされたらしい学ランの黒ズボン。それから、一緒くたに下着まで丸まって見えた。上半身は乱れなく、教室で見るいつもの倉知なのがアンバランスで視線が泳いだ。

制服のシャツの裾《すそ》から伸びた、二本の細く白い脚。

女のものとは全然違う脚だった。その頃すでに女なら何人か知っていた上木原だったけれど、その脚はひどく艶《なまめ》かしく見え、いけないものでも目にした気分にさせられた。

心臓がドクドクうるさく鳴った。

囲んでいた男たちが倉知になにをするつもりだったのか、一気に判った。

「上木原」

呼ばれて顔を見た。

黒い眸《ひとみ》は、じっと探るみたいに自分を見ていた。

泣くでも、恥じらうでもない。揺らがない眼差し。感情を見せない眸は、一見大人しそうに見えた男が、今の倉知に通じているのを感じた瞬間だった。

「おまえ、俺に惚れるなよ」

寄越《よこ》された言葉に上木原は驚いた。

思いがけなかったからというより、自分の胸の内の騒ぎを見透《みす》かされた気がしたからだ。

『なに言ってんの？』なんて返した自分の声すら、あのとき空々《そらぞら》しく思えた。


「……ちょっと……喬、なに脚ばっかり撫でてんのよ？」

身の下では、制服の女が不満そうに唇を尖《とが》らせている。

上木原はぼんやりと記憶に思いを馳《は》せたまま呟いた。

「……年頃なんだもん。ムラムラしたってしょうがないじゃんね」

「え、なに？」

「俺さ、どうも脚フェチみたい」

「えー、まじで？　うっわなんかオヤジっぽい」

結局、あの日マンションまで一緒に帰ったのをきっかけに、上木原は倉知と親しくなった。

べつに中学時代が黒歴史だなんて言われちゃいない。けれど、あの日について倉知と話すことはない。

あの制服のシャツから伸びていた脚。

もういいかげん忘れさせてくれよと思う。

男だ。判っている。

女じゃない。だから、そんなの百も承知だからさっさと忘れさせてくれればいいのに。

『おまえ、俺に惚れるなよ』

上木原は、まだ夏服の女の白いシャツの肩に額《ひたい》を預けた。なにかつけているのか、甘い匂いがプンと漂《ただよ》ってくる。

「ねぇ、俺思うんだけどさ……覚えようと思っても数式やらはなかなか覚えられないのに、どうでもいいことならすっぽり頭に入り込んじゃって忘れられないのはなんなんだろうね」

「どうでもいいこと？」

「ない？　そういうの？」

女が首を傾《かし》げた拍子《ひょうし》にセミロングの髪がするっと動き、こめかみの辺りを擽る。

「そんなの、どうでもよくないからじゃないの？　すごく興味があるから、覚えてしまうんじゃない？」

「……リナっち、軽そうに見えて意外と聡《さと》いね」

「だって私も忘れられないことといっぱいあるもん。こないだショップで見たワンピとかさぁ。

あれ、援交《えんこう》でもしないかぎり無理だって判ってんのに、忘れられないんだもん」

『もう、売れちゃったかなぁ』なんて残念そうに言う彼女に、上木原は苦笑した。

甘い匂いにクラクラ。最初は鼻につく感じのした匂いにも慣れてくる。麻痺《まひ》したみたいにぼんやりした頭を肩に預けきると、自然と上体ごと凭《もた》れる格好《かっこう》になった。

「喬ってば、まさか寝ちゃうつもり？」

「寝ないよ」

「そういえば、不眠症とかって言ってたっけ？　まだ眠れないの？」

「うーん、まぁそんな感じ？」

曖昧《あいまい》ともつかない微妙な反応に、なんの躊躇いもない声が問う。

「ふうん。なんで眠れないの？」

「え、知りたい？」

「うん、まぁ教えてくれるなら」

上木原はゆらりと顔を起こし、眠たげな目で彼女の付けまつ毛の浮きそうになっている眸を見た。

「じゃあさ、AとBどっちがいい？」

「えー、なに？　なんで二択……」

「どっちかは今週のビックリドッキリメカ」

笑みを浮かべれば、むっと目の前の顔は眉根を寄せる。

「ちょっとそれ、なんかのアニメじゃない？　教える気なさそ〜。ちゃんと当てたら教えてくれる？」

「いいよ。俺はもうAとB決めた。リナっちは？　どっちにする？」

「じゃあ……Aで」

ほんの数秒考える間を置いて彼女は答え、同じく数秒の空白ののちに上木原は答えた。

「親父がお袋の首絞《し》めるとこ見たからだよ」

なんの感情も籠もらない声。

内容にそぐわない。むしろ浮《うわ》ついているようにさえ響く声に、彼女のバサバサと音を立てそうなまつ毛の目蓋《まぶた》が何度か上下する。

「え？」

上木原はその顔を覗き込んだ。

鼻先が触れ合う。

「だから、Aの答え」

「ディープ過ぎんだけど……それって、当たりなの外れなの？」

「ビックリドッキリメカじゃないほう」

「外れってこと？　もう！　もったいぶらないでホントのこと教え……」

上木原は上体をずらすと、鼻先を彼女の制服のシャツの胸元に移動させた。片手を入れたままのスカートを深くたくし上げれば、レースの下着に指先は行き着く。

柔らかな胸に顔を埋《うず》めた瞬間、体のどこかはひやりと冷たくなった。

たぶん気のせいだ。

窓からの温《ぬる》い風が頭上を撫でるように過ぎても、部屋の熱気は和《やわ》らがない。


雨が降っている。

激しい雨だ。

止《や》む気配はない。もうずっと降り続けている。

「なんだよ、この湿気。梅雨《つゆ》かっての！」

恨《うら》み言《ごと》を教室の窓から天に向かって住田が吐きつけているのを、倉知は見る。ずっと秋らしい好天《こうてん》だったのが嘘のように、十月に入って数日雨の日が続いていた。

「いいから、さっさとダンボール切ってくれ。こっちは次を待ってるんだ」

床に座った倉知は、手にした筆《ふで》を苛々《いらいら》と急《せ》かすように振った。

文化祭は季節外れのお化け屋敷に決まった。例年、どんなにチープでもこの手の企画は盛り上がる。すぐに決まらなかったのは、目新しさには欠けることと、手間がかかるのを皆察知していたからだろう。

教室を仕切って、暗幕《あんまく》を張って、適当にそれらしいディスプレイを並べて。

その『適当にそれらしく』が大変だった。放課後は交代制で準備にかかることになった。今は倉知を含めた八人ほどが、机をずらして教室の後方に作った空《あ》きスペースで作業をしている。もっと多くの人数が今日の当番のはずだけれど、居残った数は少ない。

部活の生徒はそれを理由にいなくなる上、まだ本番まで一月以上も残されているとなれば、サボる人間が後を絶《た》たない。

おまけに致命的に美術の才能がない者までいる。

「あっ、ダンボール完全湿《しめ》ってんじゃん！　誰だよ〜、窓際に置いたの」

「住田」

「はいはい、今用意しますよっ」

カットしたダンボールを倉知に渡す住田も、美術能力の足りない一人だった。

美術というより、習字の能力か。

「なんで墓やら卒塔婆《そとば》やら書くのに、おまえはちまちました丸っこい字しか書けないんだよ」

「しょうがないだろ。そんな簡単に筆跡《ひっせき》変えられるかっての。倉知、オドロオドロしい字書くの上手いな……それ、なんて書いてんの？」

「知らん。適当だ」

黒いペンキで文字のようなものを、倉知は俳句でも読むかのような手つきでダンボールの卒塔婆に走らせる。

「馨《かおる》ちゃん、それ取って」

色塗り中のダンボールを挟み、二メートルほど先に座っている上木原が声をかけてきた。

「『ちゃん』づけはやめろ、喬」

「馨、それ寄越せ」

「なんで上から目線だよ。つか、名前で呼ぶな」

顎《あご》で示された刷毛《はけ》を放りながら言うと、男はやや驚いた顔を見せる。

「なんで？　おまえも俺のこと名前で呼んでんじゃん」

「『上木原』が言《い》い難《にく》いからだ」

「ええっ、そんな理由!?　おまえが初めて俺の名前呼んだとき、ちょっとドキッとしたのに」

……『俺だけ名前呼び？』って、毎日ドキドキしてたのに！　騙《だま》された気分だ。返せ、俺の純情」

「アホか。野郎の名前呼ぶのに特別な意味なんてあるわけないだろう」

ハンカチの隅っこでも噛み締めて、キーッと言い出しそうな男に、呆れて溜め息をついた。

無視して作業に戻る。没頭《ぼっとう》するうちに、いつの間にかまた静かになり、次に口を開いたのは延々とダンボールを墓色……灰色に塗《ぬ》り潰《つぶ》している住田だ。

「単純作業ってさ、頭が暇だよなぁ。なんか面白い話とかない？」

「面白い話ねぇ……」

上木原が反応する。

「勇《いさむ》、『上木原』って十回言ってみ」

「え？　上木原……上木原、かみき……」

住田が必死になって繰り返したところで、上木原は自分を指差した。

「俺は？」

「……かみきはら」

何事も起こった気がしない。思わず倉知も作業の手を止め、言葉の違いを探してしまう。

「ちょっと待て、今のどこにオチがあったんだ？」

「言わせてみたかっただけ」

「はぁっ!?」

声を裏返らせたのは担《かつ》がれた男だ。

「でも、これで俺の名字は言い難くないことが証明された。勇は一回も嚙まなかった。俺をピザとも膝とも言わなかった。倉知、おまえは言い難いから俺の名前を呼んでるんじゃない。呼びたいから呼んでるんだ」

倉知は聞こえよがしな溜め息をまたつく。

「なんだ、その理屈は。ていうか、おまえはそれで俺のなにを証明したいわけ？」

上木原は首を捻《ひね》った。つまらない理論の証明に巻き込まれた住田までもが見守る中、探るような声で言う。

「うーん、愛情？」

「……判った」

「認めるのか？」

「もう名前は呼ばないことにする」

「ま、待って！　じゃ、じゃあ愛情じゃなくて、憎悪。憎しみ、嫌悪感《けんおかん》、敵意！」

「バカ。なんだよ、それ」

焦《あせ》り顔はちょっと面白いかもしれない。どこまで本気で自分の名前呼びなんて気にしているのか知らないが、可笑《おか》しくなって頬を緩《ゆる》める。

くっと声を上げ、倉知は笑いそうになった。

高ぶる情動。その途端、床についた左手がぶるっと震えた錯覚を覚えた。

「あ……」

向かいの男と目が合う。声を立てて笑いかけた自分に、上木原も動きを止め、目を瞠《みは》らせている。

「え、どうしたの？　あっ今、倉知笑いかけた？」

住田の声に、バルーンのように浮上《ふじょう》しかけた倉知の心は、すぐに着地点を求めていつもいる平らな場所に落ちていった。

深い呼吸を一、二度。起き上がろうとする心を倉知は無理矢理に横たわらせる。

「笑ってない」

「なんだぁ、残念」

本当に残念そうな声の住田に、倉知は言った。

「……いいから、喋ってても手は動かせ。おまえだって貴重な時間削《けず》って文化祭の準備に参加してんだろう？」

「あ……うん、まぁバイトがない日ぐらいはと思って。そういえば、倉知って普段家に帰ってからなにやってんの？」

「勉強」

「えっ、倉知って勉強すんのか⁉」

「なんでそこで驚くんだ？　するに決まってるだろ。授業がちゃんと聞けないときもある分、俺は家で地道にやってるんだよ」

「うわ、真面目。なんもしないで成績いいのかと思ってた。倉知スゲーって尊敬してたんだけど」

勝手に持ち上げてくれていたらしい。

話題の転換に、上木原も乗っかったように口を挟む。

「倉知のはあれだ……テストんときの『全然勉強なんてやってないよ～』『あたしもあたしも～』ってやつだ」

「『やってます』って顔はどうやってすればいいんだ？　文化祭のせいで時間が減って困ってるよ。けど、俺がサボったらグチグチ文句言う奴が現れそうだからな」

オバケ屋敷に収まったおかげで、女装を押しつけられずにすんだだけマシなのか。

ネタにできず、つまらなさそうな顔をしていた隣席の男を思うと、突っつく理由を与えてやるのは癪《しゃく》だ。

「ああ宮……一緒になんなくてよかったんじゃない？　あいつらオバケ班だっけ？」

毎日コツコツ作業をする必要がないから、楽だとでも思ったのか。宮木のグループは文化祭当日のオバケ役を選んだ。

帰宅間際、また飽きもせずに嫌味を残していった男を思うと、やはり気分はよくない。

「当日を楽しみにするか。こっちはもうすることも終わってるから、じっくりオバケの査定でもしてやる」

「ちょっと、だから揉《も》め事《ごと》作るなってば！」

無駄に気が強いから、無駄に揉める。

住田が焦り顔で言った。

「おまえ、いつか寝てる間に刺されるぞ」

倉知《くらち》が保健室の世話になったのは、十月も半《なか》ばだった。

「横にならせてくれって、ふらつきながら飛び込んできたときは焦《あせ》ったけどね」

まるで入院患者の付き添いのようにベッドの傍《かたわ》らに座り、白衣姿の優一《ゆういち》は言った。

保健室に来たのは、午後の授業の合間の休み時間だ。もちろん誰かに刺されたわけではない。

その日は朝から眠気に何度も襲われ、授業を受ける意味がないと自分で判断したのだ。

「薬飲まない日を続けたせいか、眠気がひどくて……ごめん、優一さん」

いくら学校に許されてるといっても、始終教室で寝ているわけにもいかないだろう。それでは、宮木《みやぎ》のような奴に目障《めざわ》りだと思われても仕方ない。

キャスターつきの椅子を転がして引き寄せながら、優一は笑む。

「もっと気軽に利用してくれていいんだよ。ベッドはいつでも空《あ》いてるんだから」

保健室には二つのベッドがあるが、確かに今も利用しているのは倉知だけだ。部屋には二人のほかに誰もいなかった。

少し眠ったせいで頭はすっきりとしていた。

来たときは今にも座り込みそうな眠気で余裕がなかったものの、改めて周囲を見回してみると、前は殺風景《さっぷうけい》だった部屋が賑《にぎ》やかになっている。

窓辺には葉の長い観葉植物。机には縁起担《えんぎかつ》ぎの置物が並ぶ。いつの間にか優一の城と化した保健室は、思ったよりも長い期間倉知がここに来ていなかったのを示していた。

自分が頼って来たからか、優一は機嫌がいい。

「馨《かおる》くん、一緒に帰るだろう？　もう、仕事終わらせるから」

「もう？　ちょっと早過ぎるんじゃ……まだ、こんな時間だよ」

部屋の時計を見ても、六時限目の授業中だ。

「たまにはいいよ」

「でも、部活の奴らもここを頼ってるんでしょ？　うちはどの部も男ばっかりで、荒っぽいから怪我《けが》も多いみたいだし」

倉知の言葉に優一は軽く溜め息をつく。

「怪我をされたって言われたら放っておけないけど……部活に関しては、顧問《こもん》の先生に見てもらいたいんだよ。朝練や放課後まで、彼らに付き合うのは本意じゃないっていうか」

「だったら……なんのために優一さんはこの学校にいるの？」

思わず、以前から心に引っかかっていたことを口にしていた。

予想を違《たが》えない返事が来る。

「君のためだよ」

「……じゃあやっぱり、転任したのも俺のため？　優一さん、病気のこと気にしてくれてるのは判《わか》ってるけど……」

「心配なんだよ。こんな荒れた高校。僕だって、君が相応の学校に通ってれば……」

「そういう理由なら、やめてほしかったな。俺は後悔してないし、自分でちゃんと選んだ高校だよ」

優一の顔色が変わっていくのを目にしても、言わずにおれなかった。

誰の負担にもなりたくはない。そうは思っても人の手を借りることは少なくないから、せめて通学だけでもスムーズに行けばと、近所の高校を選んだのだ。

「上木原《かみきはら》くんの影響じゃなくて？」

渋い顔をした優一の有り得ない反応に、横になったまま話をしていた倉知は枕から頭を浮かせる。

「どうしてあいつのせいだなんて……」

「だって、彼と付き合う前までは君はそんなじゃなかっただろう。こんな高校、選びそうもなかった。真面目で、大人しくて控《ひか》えめで……」

「成長したんだよ。自己主張するくらい、俺も大人になったんだ。自分の身は自分でどうにかしなきゃって……俺の中学時代のことなんて、優一さん知らないだろ？　あの頃のほうがよっぽど！」

「それも彼の影響？」

「え……」

「君はそんな風に、大人に言い返すような性格じゃなかったよ」

そんなことはない。自分は人形じゃないのだ。返さなくとも、心の中では考えていた。ただそれを言葉に表そうとはしなかっただけだ。

そして今は、自分の意見を持つようになった。

話にならない。優一の中では、恐らく自分は初めて会った頃の、母に似た面差《おもざ》しで持《も》て囃《はや》されていた人形みたく頭を撫《な》でられていた少年のままなのだろう。

苦虫《にがむし》を噛《か》み潰《つぶ》したような顔になるのを堪《こら》えながら、片肘《かたひじ》をついて身を起こした倉知は問う。

「優一さん、前から思ってたけど……なんであいつを毛嫌いするの？」

ストレートにぶつけた疑問に、白衣の男は戸惑い気味に目線を彷徨《さまよ》わせてから応《こた》える。

「彼は……彼の素行《そこう》は褒《ほ》められたものじゃない。君の友人に相応《ふさわ》しいとは思えない。つい最近も、深夜の繁華街で上木原くんを見たという先生がいるんだ。見失って、翌日確認したら白《しら》を切られたらしいけど、間違いないって……」

「でも、本人は認めてないんだろ？　それに、喬《たかし》だとしても、それが人格まで否定するようなことかな」

正直、素行については倉知も信じきれない。けれど、自分にとって大きな問題ではない。

「君こそ、どうしてそんな風に彼を庇《かば》うの？」

逆に問い返され、倉知はまごつきながらも返した。

「それは……友達だから」

「君と彼は、そんなに気が合ってるようには見えないけど？」

「友達は……似た者同士ばっかりじゃなくて、自分と違うから惹かれるってこともあるよ。優一さんと松谷《まつや》さんだって、俺の目から見たら同じじゃない」

一見して、まるで違う二人だ。

返事に窮《きゅう》したように、優一は黙り込む。

「優一さん、俺はなにが起きても、それを誰かのせいだと思ったりはしないよ。この学校にいるのも、すべて自己責任だと思ってるから」

「でも、いくら君が精神的にしっかりしてたとしても、回避できないことだってあるだろ。君は病気なんだから……」

今度はすぐに反論された。納得したかに思えた男はまるで引く様子もなく、険悪《けんあく》さばかりが募《つの》る中で、入り口の扉がノック一つもなくがらりと開いた。

「先生！」

飛び込んできたのは、体操服姿の女子生徒だ。緑のジャージの色からして一年生だろう。

「すみません、来てもらえますか！　授業で足を捻《ひね》った子がいて……」

女子生徒の焦った声に、優一も無視などできるはずもなく立ち上がる。

「ちょっと行ってくる」

頷く間もなく、不機嫌そうに背を向けた男は生徒と共に出て行った。

唐突に一人になった。今まで言葉の応酬《おうしゅう》をしていたのが嘘のように、保健室は静かになる。

自分も授業に戻ってみようかと思った。せめて、ホームルームと掃除だけでも参加して帰ろう。そう考える。

けれど、ほっとしたせいだろうか。冴えていたはずの目が、力を抜いて再び横になった瞬間、重たくなった。


結局、次に倉知が目覚めたのは保健室に知った顔が現れてからだった。

「ベッドつきで昼寝なんて、天国だな」

『ほら』と鞄《かばん》を出してきたのは住田《すみだ》だ。上木原も一緒にいる。

首を捻って壁の時計を見ると、ホームルームも掃除もとっくに終わった時刻だった。窓から差す光も夕日に変わっている。

「悪いな、わざわざ迎えに来てくれたのか……」

優一には偉そうなことを言っておきながら、また人に迷惑をかけてしまった。冴えない頭をぶるっと振りながら、倉知はベッドに身を起こす。

様子を見ていた住田が、焦り声を上げた。

「くっ……倉知、それどうしたの？」

「え？　それって、なにが……」

右のこめかみ辺りに向けられた視線。手をやってみると、微妙に感触がいつもと違っていた。

ふと目線を落とし、ぎょっとなる。

ばらばらと服やシーツに落ちた黒い髪――

「え、円形脱毛《えんけいだつもう》!?」

「違う、髪を切られてるんだ」

住田の驚きの声に、冷静に言葉を挟《はさ》んだのは上木原だ。目が合った男は、住田以上に強張《こわば》った表情を見せていた。

右のサイドの髪が、一房《ひとふさ》不自然に切り取られている。恐らくハサミでばっさりとやられたであろう髪を、起き上がった倉知は保健室内にある鏡で確認し、少しの間呆然となった。

まさか自分の身に、こんなことが起こるとはだ。

誰がやったのか知らないが、ろくな理由ではないだろう。人が眠っている間に髪を切る。立派な傷害だ。

次は上履《うわば》きを隠されたり、教科書を破られたりでもするのか。グレードとしては髪のほうが上のような気もしないでもないけれど。

「これも自己責任のうちなのかね」

「倉知、なんの話だよ？　なにもう冷静になってんだよ。だから俺が何遍《なんべん》も言ったろ、敵なんて作るもんじゃないって！」

いつまでも慌てて騒いでいるのは住田だ。

二人が起こしに来てくれて助かった。優一に起こされていたらと思うとぞっとする。あんな話をした後だ。こんなところを見られたら、また揉《も》めるに決まっている。ほら見たことかと、転校でも言い渡され兼ねない。

また部活の生徒にでも呼ばれたのか。不在の優一が戻らないうちにと、急いで保健室を出た。二人が荷物も持ってきてくれていたので、教室に寄らずに帰ることができる。

人目を避け、目立たぬように駅までは左右を二人に囲まれて向かった。

自分が正しかったと声を大きくする住田は、勝手に対策まで練り始める。

三人は人気《ひとけ》のない駅裏の自転車置き場で話をした。

「問題はどうやって宮木に吐かせるかだな。普通に聞いたって認めやしないだろうし、保健室に防犯カメラなんてないし……」

住田は犯人を断定しており、倉知は首を捻った。

「ちょっと待て、どうして宮木ってことになってるんだ？　保健室は出入り自由だろ」

「怪しいと思わないわけ？　あいつには動機があるじゃん。教室で恥をかかされ、おまえを憎んでるって動機が」

「髪なんか切ったって大した嫌がらせにならないだろう？　だいたい揉めたり恨みを買ったってだけなら他にも大勢いる。病気については田中《たなか》や河野《こうの》とも揉めたし、後ろの席の渡辺《わたなべ》とはカンニングの件で揉めた。人の答案《とうあん》、毎回盗み見ようとするからわざと間違った答え書いてやったんだ。もちろん俺は提出までに正しい答えに直したけどな。そうだ、生活指導の加藤《かとう》がクラスの奴から没収《ぼっしゅう》したグラビア誌眺めてニヤニヤしていたから、注意しておいたこともあったな……」

相手が教師であろうとも、遠慮はしない。

「なんだよ、その目は」

いつの間にか無言になっていた住田は、呆れた眼差しを送ってくる。

「それじゃ、全然絞《しぼ》り込《こ》めないじゃん。そういや、時々校門のとこうろついてる奴もいたっけ……あいつ絶対普通じゃないよ。男が男の待ち伏せなんてするか、フツー」

住田は再び勢いづいたように言う。一緒になって盛り上がりそうな倉知の反対側の男だけが、さっきから一言も発さないでいた。

上木原の様子がおかしい。保健室で髪を見たときからだ。隣をちらと確認すれば、自転車の荷台に腰かけた男は険《けわ》しい表情をしている。

「上木原、おまえの意見は?」

「え?」

「おまえ、なんでだんまりなんだよ。どうかしたのか? 気分でも悪いのか?」

顔色を窺い見ようとすれば、上木原は言った。

「女装しろ」

「は?」

「真性のゲイなんて、世の中そんなにいないだろ? なのにおまえは男にまでよからぬ気を起こさせるから危ない」

「………で?」

「女装をしてたら敵の態度も軟化《なんか》するし、なにより女と思い込んで男だったときのショックはでかい。たとえおまえが美少年であっても、最初から男だと知ってるのとじゃ大違いだろ? 男相手に諦めがつかないような奴は、事前にその高いハードルを越えるようメンタルを強化して挑《いど》んでくるからな」

口火を切って展開される突飛《とっぴ》な理論。

そんなことを真剣に考えていて静かだったのか。

「ご高説《こうせつ》どうも。男子校同然のうちのクラスで女装なんてできるとでも? 余計に目立つだけだ」

「へぇ、そこ以外は検討《けんとう》する余地あるんだ？」

「あるわけないだろ、バカか」

始まったいつものやり取りに、どちらの肩を持つ気とも知れない反応を住田は見せる。

「まぁ女装なんてしてもしなくても、倉知は浮いてるけどね。だいたいさ、どこでも入れる偏差値でうちの学校受験したとこから間違ってんだよ。嫌味かってみんな思うじゃん」

倉知は住田の顔を見た。

少し言葉に迷ってから口にする。

「それなら、俺以外にだっているだろう」

「え、そんな奴いるっけ？」

まるで判らないと言いたげに住田は首を捻った。


反対方面の住田とは、駅の改札を潜《くぐ》ったところで別れた。

目の前に止まった快速電車に、ホームの人だかりは飲み込まれていく。普通電車にしか乗れない倉知と上木原は、電車の走り去ったホームで置いてけぼりとなってベンチに座る。

秋の日は短い。夕焼け空は瞬《また》く間に色を変えていた。簡素な骨組みの屋根に並んだ蛍光灯《けいこうとう》が早くも点《とも》り、ぽつりと残された二人を照らそうとする。

やけに静かだった。傍らの自販機のモーターが唸《うな》る音さえ聞こえてきそうな静けさ。いつもはペラペラとくだらない話を始める男は、まるで喋《しゃべ》ろうともしない。

ちらと顔を窺《うかが》ってみれば、線路の一点を上木原はただ真《ま》っ直《す》ぐに見据《みす》えていた。

その表情に倉知の心はざわりと騒ぐ。

「随分大人しいな。また珍案《ちんあん》でも考えてくれてるのか？」

堪えきれなくなったみたいに口を開いてしまった。

「珍案？　ああ……ひどいね、俺の渾身《こんしん》のアイデアを」

声だけはいつもと変わりなく男は応える。

「なぁ、喬」

「なに？」

「前にも聞いたと思うが、おまえはなんでこの高校選んだんだ？」

予想外の話だったのか、真っ直ぐ向いていた顔がこちらを向いた。

「……なんとなく？　家から近いし、制服が可愛かったから」

「真面目に答えろよ。おまえの成績なら高校は自由に選べたはずだ」

上木原の成績は悪くない。要領がいいからなのか、不眠の時間潰しに勉強も人知れずやっているのか知らないが、住田に言ったのは上木原のことだ。

「だから、家から近いからだって……」

「俺が行くって決めたからだろう？」

断定的に言い返した。

動揺させるつもりで口にしたのに、男はふっと笑った。

「なんでそう思うの？」

「おまえならそう答えそうなのに、全然言わないからだ」

上木原は苦笑する。

「すごいね。俺の考えること、なんでも判っちゃうんだ？」

「判らないよ。おまえの考えはちっとも判らないから、時々困る」

「そんな難しいこと、考えてないよ。ただ友達の進路を参考にしただけ。俺だって、家から近いほうが楽だからさ。倉知は頭いいから、いろいろ考え過ぎなんだよ。あ、頭いいせいじゃなくて捻くれてるからか？」

「……そうかもな」

だったら、自分を真っ直ぐにすることができたら、他人を——今、目の前にいる男を理解することは可能なのか。

距離感が摑めない。

遠いようで近く、近いようでやっぱり遠い。上木原との仲はずっとそうだ。

子供の頃、遊びに行こうとした山みたいだと倉知は思う。

まだ母親や祖母と一緒に暮らしていた頃、家から見えた緑の山。いつもの公園で遊ぶのは飽きて、倉知はある日その山に遊びに行こうと思い立った。

こんもりとブロッコリーのように緑の生《お》い茂《しげ》った小さな山は、家からそう遠くないように見えた。けれど、歩いても歩いても、どんなに歩いても山には着かなくて――でも、ずっと山はすぐ傍《そば》に聳《そび》えていた。

途中で引き返した倉知が家に戻れたのは夜だった。

叱られたかどうか、よく覚えていない。

ただあのとき幼い頭で理解したのは、どんなに近くに見えようと、あの山には辿《たど》り着けないということだった。


「おまえの家で髪、切っていいか」

ほとんど会話もないまま電車に乗り、帰り着いたマンションのエレベーターで倉知は言った。

「いいけど……切るの？」

「このまま家に帰ったら、優一さんを驚かせるし。今、刺激したくないんだ」

優一はまだのはずだが、自転車置き場で話をするうちに時間も過ぎてしまった。家に帰ってどうにもできないうちに優一が帰宅しないとも限らない。

屋上の上木原の家に行くため、最上階に着いたエレベーターから、さらに階段を上った。頻《ひん》繁《ぱん》に行き来してはいない。家に行くのは、先月クローゼットに押し込められて以来だったけれど、部屋はまるで変わってはいなかった。

上木原はベッドに鞄を放り出し、雑然とした部屋の、雑然とした丸テーブルに近づく。

「なぁ、前髪だけ短くなっても怪しまれんじゃない？　髪切りに行ったってことにするとか……唐突かなぁ。けど、それなら遅くなっても理由がつくし、メールしといたら？　ほら、今駅前の美容室がオープニングキャンペーンだってさ。飛びついてもおかしくないだろ？」

いつかのピザ屋のチラシの代わりに、ヘアサロンのそれを抜き出して言った。

「おまえ、なんでそんなにチラシいちいちチェックしてんだよ」

「毎日暇持て余してるからな。俺が切ってやるよ。任せろ、美容師の友達がいるんだ」

「その言葉のどこに俺は安心したらいいんだ？」

すかさず突っ込みつつも、実際倉知はどこか安心させられている自分を感じた。適当な発言の数々。やっぱりいつもの上木原であることに、妙にほっとする。

嘘をつくぐらいなら、本当にサロンに行ってしまったほうが確実とも判っていながら、不思議と倉知はそれを言い出す気になれなかった。

カーペット敷きの狭い部屋を避け、散らかっても構わないよう表に出る。表と言っても、もう明かりなしにはできないので開け放したドアのすぐ手前だ。

「倉知、どうする？　切られた長さに揃えてたらえらいことになりそうだし、なんとかぼかす感じで左右いけないかな」

「かな、じゃなくて、どうにかしろ」

倉知は引っ張り出した小さな椅子に座り、上木原はハサミを手にその前に立った。

「喬、失敗しても、絶対に『あ』とか言うなよ。心臓に悪い。淡々とやってくれ、淡々と」

「了解、変な注文だね」

上木原は本当に静かに髪を切り始めた。上手《うま》くいっているのか、目の前に鏡なんてないから判らない。手つきだけなら、美容師と変わりないようにも思える。

周囲はどんどん夜に変わって行く。倉知の視界では、ずっと上木原の制服の臙脂《えんじ》のタイの先がゆらゆら揺れていたけれど、男が背後に回ると急に視界が開けた。

夜空に街明かり。

「……昔見た映画でこんなシーンあったな。ホテルのバルコニーで髪を切るんだ」

「バルコニーじゃなくてただの屋上だけどね」

「おまえは、なんでいつまでもこんなとこに住んでるんだ？」

「毎日がキャンプみたいで楽しいじゃん」

「キャンプ？　アウトドアに興味あるなんて聞いたこともないけど」

かといってインドアとも思えないものの、健康的に野山で過ごす上木原なんて想像がつかない。

「子供の頃さ、親父が一度だけキャンプに連れてってくれたことがある」

「二人とも……まだ元気だったとき？」

「そうそう。親二人と俺と。俺はまだ小学校に上がる前で、ところどころしか記憶に残ってないんだけど……なんか親父は仕事が忙しい人だったみたいで、それくらいしか一緒にどっか行った記憶なくてさ」

また視界に男の制服のシャツとタイの先が戻ってきた。膝上《ひざうえ》にかけられたバスタオルに、ぱらぱらとカットされた髪が落ちていく。

「星に触りたいってだだ捏《こ》ねたら、肩車してくれたの覚えてる。でも、結局触れなくて、俺泣いちゃったんだよね」

上木原は思い出したように笑った。

倉知はふとその顔を見ようとしたけれど、降《ふ》り注《そそ》ぐ自分の髪に阻《はば》まれ適《かな》わなかった。俯《うつむ》き加減になって目を瞬《しばた》かせながら言葉を紡《つむ》ぐ。

「なぁ、おまえの親って……」

死因は知らない。

ただ、小学校三年生のときに亡くなっているとしか。

二人揃っていなくなるなんて、恐らく事故だろうと思っていた。

詳しく知ったからといってどうなるものでもない。自分が確認したいがために、上木原の記憶を掘り起こさせるのは間違っている気もしていた。

でも、今こうして尋ねようとしている。

自分は知りたいのだろうか。

もっと、上木原のことを。

そうかも知れない。

けれど、知って、理解して——そして、どうするのか。

今より強い結びつきが欲しいのか。曖昧《あいまい》な友情関係でなくもっと確かなもの。そんなもの、自分と結んで誰が得をする。

メリットなんて一つもない。

「はい、終了」

ぽんと両肩を叩かれ、倉知ははっとなった。

ぼんやりしていた顔を上げると、首に回しかけたバスタオルが外され、上木原はばっと大きく広げて髪の毛を払い落とし始める。

「わっ、風でこっちに飛んできた！」

きゃーきゃー言いながら、男は逃《に》げ惑《まど》った。屋上を走り出した姿に、なんだか張り詰めたようになっていた気が抜ける。膝のタオルを払い、倉知も立ち上がった。

上木原が振り返る。

「鏡で確認して来なくていいのか？」

「いい。友達が美容師で自信あるんだろ?」

頭は特に軽くもない。触れればいつもよりあっさり終わってしまう指通りだけが、短くなった髪を感じさせた。

屋上は、家庭菜園の名残《なごり》で植物もあるが、ほとんどは荒れただだっ広い空間だ。

また雨が降るのかもしれない。上空は強い風が吹き抜けているようで、仰《あお》げば闇に沈んだ空を暗雲がうねりながら早く流れているのが判る。

「屋上ってのも、今ぐらいの季節なら開放的で悪くないな」

上木原の隣に並び立ち、倉知はすっと息を深く吸い込んだ。

「夏は地獄、冬も地獄だけどね」

「でも、おまえは気に入ってるんだろう?」

「まぁね」

頷いたかと思うと男は手前に回り、じゃれつくような動きで顔を覗き込んできた。

「な、なんだよ?」

「なぁ倉知さ、こういう家、韓国《かんこく》でなんていうか知ってる?」

「屋塔房《オクタッパン》だろ」

倉知は即答した。目を輝かせて顔を見ていたのが一転、上木原は沈黙する。

自分から訊いておきながら、はぁっと溜め息まで添えられ、訳が判らない。

「違うのか？　あっちじゃドラマにもよく出てくるらしいが……」

「おまえって、つまんない人間だってよく言われない？　知識ってさ、適度に抜けといたほうがいいんだぞ。そのほうが会話も弾《はず》む」

「はぁ？　なんでそこで人格否定されなきゃならないんだ。おまえから振ったんだろ」

拗《す》ねた声が返ってきた。

「だってつまんねぇんだもん」

「……もしかして、教えて感心されたかったのか？」

「うん」

上木原は頷く。時々、子供みたいに素直な男だ。いつもはどことなく信用置けないが、今は本気でイジケている感じがした。

人一倍デカイなりをした男のくせに可笑《おか》しい。

「ふ、ははっ」

倉知は笑った。

愉快《ゆかい》だと思ったから。楽しいから、噴き出して笑った。

ただ、それだけだった。

かくっと膝の力が抜けた。すっと落ちるみたいにその場に崩《くず》れた倉知に、上木原が慌てて手を伸ばしてくる。

ブレザーの制服の腕を摑まれ、倉知は振り解《ふほど》こうとした。

「いい、はらせ」

発した声は呂律《ろれつ》が回っていなかった。

口内の筋力まで役立たずときた。

「…………くそ」

一分だ。長くて数分。カタプレキシー発作《ほっさ》は長くは続かない。けれど、そのほんの僅《わず》かな時間が倉知にとっては堪《た》え難《がた》いほど長い。健康な人間には理解できるはずもない自分の姿を見られるのが、堪らなく嫌だった。

腕を摑んだままの男が屈《かが》み込《こ》んでくる。

「たか……し、はら…せ……」

見られるのが嫌で背《そむ》けた顔は、次の瞬間、温かく暗い場所へ落ちていた。

男の腕が自分を捉《とら》える。その場にしゃがみ込んだ上木原は、引き寄せるようにして倉知を胸に抱き込んだ。

なんの真似《まね》かと思った。からかってでもいるのか。身動きとれずともカッとなりかけた倉知の耳に、低い声が穏やかに響いた。

「……いいじゃん、べつに。笑えよ、俺の前でぐらい。普通でいろよ」

その言葉に、判ってしまった。

三年も一緒にいるのだ。自分のカタプレキシー症状を上木原は知っている。けれど、日頃無感情な自分をそのためだとまで思われていたなんて。

勘違いするな。そう返したいのに、言葉は喉奥《のどおく》に詰まったみたいに出てこなかった。

きっと、呂律が回らないせいだ。嘘じゃない。言いたくないわけじゃない。

突き放せないのもすべて——そう、体に力が入らないせいだ。

上木原の作り出した空間は温かかった。頬を押し当てた制服、鼻先を掠《かす》めるタイ。目で感じていたよりもずっと、その胸は広い。

何年も一緒にいるのに、上木原の鼓動を感じたのは初めてだ。そんなの、少しも不思議じゃない。同性の友人と抱き合うのが珍しくない者など、この日本には何割もいないだろう。

当たり前なのに、今までの時間が味気ないものだったかのように、その場所を心地よく感じた。

——なんだ、これ。

変だと思った。理由を考えようとしたところで、抱き寄せたときと同様、また唐突に男は自分を引《ひ》き剝《は》がした。

「倉知、今ので笑うなんて、おまえ笑いのレベルも大したことないな」

見上げると、いつもの顔で上木原は笑っている。

いつの間にか脱力も治まっており、前と違うのは自分の中の奇妙な感覚だけだ。

「……悪かったな」

礼のつもりで言ったのに、上木原は笑いの話だと思ったらしい。

「たまには勇《いさむ》の笑いにも付き合ってやれよ。もう平気か？　そこ、座れば」

促《うなが》され、並んで腰を下ろしたのは手摺《てすり》の手前のベンチだ。

古いバス停やらにありそうな、安っぽいプラスチックの青いベンチだった。実際、サラ金の広告が貼りつけられている。出所《でどころ》も怪しいそれは日に晒《さら》されて色褪《いろあ》せ、男二人が座るとメキメキと嫌な音を立てる。

無様《ぶざま》なところを見せてしまった後では、なにか喋っていないと間が持たない感じがした。

「髪の礼……おまえにしなきゃな。目薬でも点《さ》してやろうか？」

「目薬？」

「おまえ、いっつも充血してんだろ。もっとすっきりしてりゃ、結構見れる男前なのに」

ぎこちなさを埋《う》めるように発する言葉は、殊更《ことさら》乱暴な調子になる。普段より荒っぽい口調の倉知に、上木原は気づいてか気づかずか不満そうに言った。

「微妙だなぁ、その言葉。喜んでいいのか悲しんでいいのか。目が濁《にご》ってたって、俺は男前だし年中モテ期だよ」

「言ってろ。おまえがモテるのなんて、どうせチャラチャラした女……なんの真似だ？」

メキっとまた激しくベンチが鳴る。

行動の読めない男だ。上木原は横になり、頭を倉知の膝に断りもなく乗っけてきた。

「目薬点《さ》してもらう練習」

「点してほしいなら取って来い。家にあるだろ？　ていうか、これ耳かきの姿勢じゃないのか？」

「どっちでもいい。おまえが優しくしてくれんのなら……俺、優しくされんの大好き」

「そりゃあ優しくされるのが嫌な人間なんて、特殊な性癖の人間ぐらいだろうな」

なにが可笑しいのか、上木原は楽しげに笑っていた。

膝上で笑う男の振動《しんどう》は、体にまで深く伝わってくる。

「ヘラヘラ笑うな、おまえの笑い顔見ると胡散臭《うさんくさ》くてイライラする」

「あ、ひどいな」

振動と共に笑いが途切《とぎ》れる。見下ろせば、無表情に自分を仰いでいる男と目が合う。黙っていれば精悍《せいかん》な顔だ。無言になった男の顔はちょっとどきりとするほどに険しく見え、眼差しは鋭い。

胸苦しい感じがした。

その目で見つめられると、むやみに息が苦しくなる。呼吸困難。なのに抱き締められた瞬間みたいに、どこか心地よくもあるのが落ち着かない。

自分らしくもない。

「……黙るな、喬。おまえは目つきが怒ってるみたいで怖いんだよ」

「笑うな黙るなって、じゃあ俺はどうしてりゃいいわけ？」

「普通にしてろ。俺の前では普通にしろ」

口にしてから、さっき上木原が自分に言ったのと同じ言葉であると気がついた。

男はくすりと小さく笑んだ。

「じゃあ、お互い普通にしますか」

膝上の男は軽く首を捩《よじ》ると、手摺の向こうに視線を移した。

ベンチは夜景を望むように置かれている。

この辺りでは高い屋上の先にあるのは、区画割りなどされていない昔ながらの住宅街に、いくつかのアパートやマンションの棟《むね》。なにを見ているのか判らなかったけれど、その横顔は穏やかに見えた。

会話は途絶え、倉知も窓明かりの並ぶ暗がりを見る。

短くなったばかりの髪が震えるように細かく風に揺れた。湿った夜風はそこに留まる者を優しく撫で上げ、遠いところへと吹き抜けていく。

遠く、遠く。

ふと頭上を仰ぐと、流れる雲の間に小さな星が見えた。

倉知も、幼い頃はよく笑う子供だった。

「きっとね、好きなんだろうって思ったんだよ」

伯父がそれを買ってきてくれたのは、預けられて数ヵ月が経《た》った頃だった。

他人の家であるという緊張感は解けてきていたけれど、まだ伯父や一人息子の優一には打ち解けられずにいたその頃。伯父はあるアニメのDVDを買ってきた。

猫とネズミが始終追いかけっこをしているアニメだ。衛星放送でやっているのを観《み》ていた自分が、楽しそうに笑っていたからだと伯父は言った。

倉知は喜び、DVDを観ながらよく笑った。

「懐《なつ》かしいな。おじさんの子供の頃にも、もうやってたアニメだよ」

隣で伯父は倉知の反応に嬉しそうにそう言った。

あの笑みを偽物《にせもの》だったとは思わない。

伯父は心の病《や》んだ可哀想な人間だったのだろう。未《いま》だに、悪い人間だったとは思いきれない。

それとも、この世に悪いばかりの人間など存在しないだけの話なのか。

あんなことがあってからも、表面上は変わりなく過ごした。倉知が伯父のことを誰にも相談しなかったのは、できる相手がいなかったのもあるけれど、昼間の伯父の態度があまりに変わりなかったのもある。

まるで夜のことは悪い夢のように思えた。

けれど、伯父があるとき倉知にプレゼントだといって、その猫とネズミが追いかけ合うDVDを今度は全巻セットで購入してきた。

『だって好きだって言ってただろう？』

いつだったか、はっきりとは判らない。

クリスマスでも、誕生日でもない。理由のない、ただの『ある日』。

手渡された箱はずしりと重たかった。

機嫌を取るかのように贈られた、子供には分不相応な物。

DVDを観ても、もう笑えなかった。

倉知は極端に笑わない子供になった。

自分を特別だとは思わない。多かれ少なかれ、人は気づかぬうちに、一つずつ笑うことを忘れていく。

子供のように、いつまでも豊かに笑い続けてはいられない。

今日笑ったソレに、明日も十年後も飽きずに笑っている保証なんてどこにもないのだ。

「え、いつって言われても……ちょっと判らないかなぁ」

隣で話す上木原の声は、すべて倉知の耳に届いていた。かかってきた携帯電話に向けて喋っているにもかかわらず、自分に向かって話しかけているのと変わりない筒抜《つつぬ》け具合だ。

下校中の二人は、校門を出て駅に向かってだらだらと歩いているところだった。

文化祭の準備の当番がない日は、今までどおり帰宅の時間は早い。ホームルームが終わると同時に倉知が教室を出ると、上木原が当然のようにくっついてきた。

「……うん、ごめんね、時間できたらまた連絡するから」

短い通話を終えた男は、携帯電話をポケットに押し込む。

一連の動作を見ていた倉知は口を開いた。

「喬、家に帰ってなんか用事でもあるのか？」

「え、べつにないけど」

「今の電話、女からだろう？　どうして誘いに乗らないんだ？　用がないなら、さっさと遊びに行けよ」

最近、上木原が隣にいる時間が増えた。

元々朝はほとんど一緒だったけれど、今まで休み時間や帰りはその限りではなかった。なのに、気がついたら隣にいる。

『最近』なんて曖昧な期間ではなく、先週の一件からだ。

違和感なく馴染《なじ》んだ髪を、倉知は歩きながら無意識に梳《す》くように触れる。元々器用な男だとは思っていたけれど、鏡で見ても不自然さは感じられず、あの晩優一を誤魔化《ごまか》し通すことにも成功した。

まるで尋問《じんもん》状態ではあったけれど。

急にどうして？　店はどこで？　なんで短くしたの？

悪戯《いたずら》だか嫌がらせだかで切られたなんて知られたら、確実に転校だったと思った。

「喬、こないだは……助かった。けど、おまえに守ってもらおうなんて思ってないから、いちいち俺に合わせせようとするなよ」

倉知の言葉に、隣を歩く男は面倒くさそうに応える。

「合わせてるつもりなんかないけど」

「合わせてるじゃないか。今一緒に帰ってるだろ？」

「自分の家にいつ帰ろうと俺の自由だよ。なんで女と遊ぶのを、おまえに強制されなきゃならないわけ？　変な遠慮してる振りして、俺の行動を制限しないでほしいなぁ」

「……そうか、悪かったなそれは。じゃあ俺も好きにするよ」

むっと口を引き結んだ倉知は、歩く速度を上げた。振り切ろうと、駅に向かって歩道を突き進む。

上木原は足早になるのではなく、ひょいひょいと大股《おおまた》に走って回り込んできた。

横断歩道の手前の電柱に片手をついて待ち伏せ、行く手を阻む。倉知が足を止めると、首を傾けて顔を覗く。

特技、人の神経を逆撫《さかな》でること。履歴書《りれきしょ》にでも書き殴ってやりたいくらい、時々芝居《しばい》がかった仕草で不快にさせる男だ。

「そんなに言うなら、彼女に電話しようか？　一緒に３Ｐでもする？　面食《めんく》いみたいだから、おまえなんて紹介したら大興奮じゃないかなぁ」

再び取り出された携帯電話。開こうとした上木原の手を、倉知は反射的に摑んで制止する。

「やめろよ」

「じゃあ、おまえが代わりに俺と遊んでくれる？」

携帯電話をぐいっと引かれた。一緒になって強く握り締めていた倉知はバランスを崩し、その胸元に手をつく。

触れた瞬間、妙な緊張を覚えた。指先が心臓にでもなったみたいに、どくんと脈打《みゃくう》つ。

紺色のブレザーに包まれた胸。白いシャツと臙脂《えんじ》のネクタイ。毎日見飽きたそんなものに、どういうわけか目を奪われる。

「倉知？」

怪訝《けげん》そうにされ、自分の奇妙な感覚すら上木原に煽《あお》られた弊害《へいがい》とばかりに返す。

「おまえのそういう態度、嫌いなんだよ。気分が悪くなる」

真顔で叩きつけるように言ってしまった。

男は少し傷ついた表情を浮かべて身を引かせる。

「……なんだよ、今更。そんなおっかない顔しなくてもいいじゃん……冗談だよ」

わざと人を不愉快にさせておいてなんだ。そう思いつつも、そんな反応をされてしまうと後味が悪い。

判ってる。なんだかんだ言いつつも、自分を心配して付き合ってくれているだろうことも、暇潰《ひまつぶ》しの酔狂《すいきょう》で人をおぶって帰ったりできないことも。

判っているけれど、自虐的《じぎゃくてき》なまでに本音を覗かせない男に苛立《いらだ》つ。

倉知は軽く息をついた。

「あんまり俺に気を使うな」

「……倉知」

「ちゃんと自分でも注意はしてるし、寝込んでも大丈夫なように人気《ひとけ》のない場所も避《さ》けてる。それに、髪切った奴がまたなにかするつもりがあったとしても、いつ安全になるとも限らないだろう？　おまえは自由にしてろ。今日は……その気にならなくても、女に会いたいときはそうしろよ」

「俺、女に会いたいなんて思ったことないよ」

「いつも会ってるじゃないか」

意味が判らず返すと、上木原はただじっと自分を見下ろしてきた。返事もせず、いつもの人を小馬鹿にするみたいな笑いも零《こぼ》さない。

なにもかもを素通りにして見えるぼんやりとした眼差しを向けられると、倉知はどうしていいか判らなくなる自分を感じた。

近くて、遠い。

名前も知らない小さな山の記憶が、ふとまた脳裏《のうり》にチラつく。

「とにかく……好きにしろ」

「……了解」

互いにペースを合わせて歩き出しはしたけれど、口数は少なかった。駅に辿り着けば、電車は運悪くまた出たばかりで、ホームには人影すらない。

二人はホームの端のベンチに腰を下ろした。

遅くなった先週と違い、空はまだ明るい。晴れ渡った気持ちのいい秋晴れの空には、見事なうろこ模様を成した雲が広がっている。

十月もまもなく終わろうとしているが、過ごしやすい季節だ。緩《ゆる》やかな風を感じるうち倉知は目蓋《まぶた》を落とした。発作が来たわけではない。ただ自然とそうしたくなっただけだ。

少しうつらうつらとし始めていたのかもしれない。突然、隣から歌声が聞こえてきて、内心ぎょっとなった。

上木原だ。なにか古い曲――てんとう虫がサンバを踊る歌だ。昭和の遥《はる》か昔、懐かしの曲を紹介する番組で、微《かす》かに聞いた覚えがあるようなメロディだった。

なんだってそんな歌を知っているのか。そして、今歌っているのか。

脈絡《みゃくらく》のない男だ。上木原もうろ覚えらしく、半分以上が適当な鼻歌状態。べつに害はないので目を閉じてそのまま聞いていたところ、不意に耳元の辺りに受けた感触に驚いた。

指先が自分に触れる。

倉知に——いや、そこにいるなにかに向かって男は話しかけた。

「そんなとこ留まってたら、倉知に叩き潰されるぞ。こっちにおいで、お兄さんといいことしよう」

どうもなにかが髪に留まっているらしい。

再開した歌の続きにようやく合点《がてん》がいく。

てんとう虫。

「……あっ！」

指先の感触が離れたかと思うと、上木原が小さな声を上げた。

飛び立ったのだろう。

けれど、そう思った次の瞬間には、また指は戻ってきていた。

まさか、髪の間にでも逃げ込んだのか。梳くような動きに違和感は大きくなっていき……そして、撫でられているとしか思えなくなったときには、もう目を開くタイミングを完全に逃《のが》してしまっていた。

意識すると、その眼差しまでもを左隣から感じる。時折こめかみを掠《かす》める指先。長く男らしい骨ばった指だと判る。

自分は何故《なぜ》、目を開こうとしないのか。

人に触られるのは好きじゃない。

人の手に、いい思い出はなに一つない。

なのに、不思議と上木原の手は不快ではなかった。

心地いい。自分以外の誰かの手を、初めてそんな風に思った。

息苦しいような感覚が胸に広がる。

まただ。

屋上で感じたのと同じ。胸苦しさが快感にでも変わる瞬間。

どうして——探ればそのわけは、すぐに摑める場所にある気がした。騒がぬよういつも静かに横たえられた心の中に、それも一緒くたにずっと眠らされている。

上木原は、どういうつもりで触っているのか。

今目を開いたら、なにか言うのだろうか。

淡い期待。目を開くだけで、すべてが変わりそうな予感。

目蓋を震わせた瞬間、微かなメロディが響いた。

「お……」

反応する男の声。携帯電話を開く音と、下がった複数のストラップがぶつかり合う金属質の音を倉知は眠った振りのまま聞いていた。

「ああ、ごめんね。ちょっと、当分無理なんだ。そう、自由な時間ないから」


いつの間にか色づき始めた木々の上に、賑《にぎ》やかに跳ね回る鳥の姿はなく、寂しげに木の葉だけが風に吹かれている。

薄曇《うすぐも》りの空からブラインドを通して差し込む光は弱く、蛍光灯《けいこうとう》の明かりに押し返されでもしたかのように、窓辺より先に進むことは適《かな》わない。

「そう、大学は県外に……」

カウンセリングルームの女医はカルテに何事か書き込んでいたボールペンを持つ手を止め、視線を倉知《くらち》に移した。

一ヵ月毎《ごと》の定期受診だ。

「ええ、受験はそのつもりで臨《のぞ》もうと思います。なので、そのときは新しい病院を紹介してもらえますか？」

「東京？　もちろんよ。でも、よく出る気になったわね。高校を家の傍《そば》にしたぐらいだから、倉知くんはてっきりまた……高校受験のことは、ちょっと残念に思ってたのよ」

学力も将来の希望もまるで考慮《こうりょ》せずに選んだ。二年前、『それでいいの？』と反対したそうな顔で何度か尋ねてきていた女医は笑みを見せる。

「いいことよ。志《こころざし》を高く持つのは。病気だからって小さくなって、諦《あきら》めて過ごすなんてもったいないわ。失敗するのを恐れてたら、できることまで逃がしてしまうもの。十のうち、一つ二つ上手《うま》くいけばいいぐらいの気持ちでいればいいじゃない？」

「はい、そうですね。僕もそう思います」

倉知は話に合わせて微笑《ほほえ》んで言い、女医は満足そうに頷いた。

いつもどおり、次の予約日時を決めて部屋を出る。ドアを閉じる瞬間思った。

——志なんて、有りはしない。

待合室は、先月と違って夕刻前だからか人は疎《まば》らだった。倉知は今日は遅刻しない代わりに、学校を早退していた。

一人長椅子に腰かけ、病院にだけは上木原《かみきはら》がついて来なかったことに少しほっとする。

十月も末になる。結局、上木原は一緒に帰るのをやめない。自由な時間を得ようとはしないまま。

自分のどこに、そこまで構う価値があるのか。

可愛げのない性格であることぐらい、自分自身がよく知っている。

他人に好かれようなんて思わない。嫌われていたほうがずっといい。人に興味を持たれていい目に遭《あ》ったことなど、昔からなかった。

好かれて得をするとしたらなんだ。住田《すみだ》は毎回嬉しそうに自分の纏《まと》めた課題のノートを借りていくが、勉強なら一人でできる。

一緒に出かける相手も、過ごす相手も、特に欲しいとは思わない。発作《ほっさ》で迷惑をかけるのがオチだ。実際、上木原はそうやって無駄に世話を焼く羽目《はめ》に陥《おちい》っている。

傍にいる限り、繰り返し繰り返し。自分は幾度《いくど》となく上木原に救われることになるだろう。

いつの間にか、隣にいるのが当たり前になっている。

手間をかけさせないためには、物理的に距離を置くのが一番だと思った。

——これも諦めになるのか。

「倉知さん」

名を呼ぶ声に、倉知は我に返る。早く呼ばれた会計に顔を起こした倉知は、自分がいつの間にか俯《うつむ》き、膝上《ひざうえ》で固く手を握り締めていたのに気がつく。

立ち上がり、会計に向かった。待合室のゆったりした雰囲気と同じく、受付の女性ものんびりして感じられた。

「倉知くん」

女性の背後を通りかかった看護師がカウンター内から声をかけてくる。通い始めた当初から病院にいる、親しみやすい女性看護師だ。

手招かれ、支払いを終えた倉知は、財布をしまいながらカウンターの端に移動した。

「倉知くん、上木原くんとお友達なんですって？」

「あ、まぁ」

「よかったら、たまには顔を出すように言ってよ」

「え？　あいつ、来てないんですか？」

倉知の返事に、女性は一瞬しまったという顔をした。

「あ……知らなかった？　友達だって言うからてっきり……」

今更口を噤《つぐ》んでも仕方がないと思ったのか、言葉を選びつつ話を続ける。

「じゃあ、内緒にしてね？　もう一年以上来てないのよ。落ち着いてるならいいんだけど……あの子が転院してるとも思えないから気になって」

日中の様子や言葉の端々からして、不眠は改善されていないだろう。

『あの子』と呼ぶ女性の口ぶりからは、上木原が長い間……それこそ、自分よりもずっと長く通っている様子が窺《うかが》えた。

「彼の不眠は変わってないと思います。あの、彼はいつからここに通ってるんでしたか……」

さり気《げ》なく問おうとした倉知の声を、高い声が遮《さえぎ》った。カルテの束《たば》を手にカウンターに入ってきたのは、最近見るようになった受付の若い女性だ。

「どうしたんですか？　いいですね、美少年と内緒話ですか～？」

場違いなまでに明るく軽い声に、女性看護師は眉を顰《ひそ》める。

「そんなんじゃないでしょ」

「はは、ごめんなさい」

素直に謝ったかと思うと、そのままカウンターの奥の棚に向かおうとした彼女は、振り返ってさらりと口にした。

「あっ、もしかしてあの子のこと？　ＰＴＳＤの」


「おまえ、頭おかしいんじゃねぇのかっ？」

校舎の裏は凪《な》いでいた。

塵《ちり》一つ動かずにじっとしているようなその場所で、男は『ひっ』と声を上げて、壁に振り下ろされた拳《こぶし》を見る。

上木原は宮木《みやぎ》を見下ろしていた。身長差のある男に迫《せま》り寄《よ》れば、必然的に手をついた壁との間に追い込んだようになる。

この姿勢で女ではなく男を見るのは初めてだなぁなどと、上木原は頭の片隅で考えた。

「俺がおかしいって、なにが？」

「全部だよ、全部！　言ってることもやってることも、全部ムチャクチャだろうがっ！」

膝を戦慄《わなな》かせながら宮木は言う。

校舎裏に二人のほかに人影はない。放課後、上木原が呼び止めたのは宮木一人だった。仲間と帰ろうとしていたところを、無害な振りでヘラヘラ笑いながら言葉巧みに連れ出した。

倉知と違い、笑うのは得意だ。

「なんなんだよ、おまえ。人をこんなとこに呼び出して、なにかと思えば……知らねぇよ、倉知の髪のことなんか！」

まるで理解できないといった顔の宮木を、探る眼差しで見つめながら、上木原は口を開く。

「確かに一理あるなと思って」

「な、なにが？」

「あいつの言うこと？」

自分でも判っていないかのように、半《なか》ば疑問形に答えた。

「確かにディフェンスでいたって、相手はいつまた来るか判らないし、この先どうなるのか読めないんだよ。だから、ここらで直接聞くのが手っ取り早いだろうと思ってさ。今日、十月末日だし？　月末清算《せいさん》？」

壁に押しつけたままの拳をぐりっと動かす。至近距離で振り下ろした拳の下で、挟《はさ》み込《こ》んだ男の髪が磨《す》り切《き》れそうに引《ひ》き攣《つ》れた。

「いっ……痛っ……」

「もう一度言っとくけど、あいつになにかしたら、殺すよ？」

顔を近づけると、宮木の口元からはプンと煙草の臭いが鼻をつく。この学校では喫煙なんて珍しくもないが、女の香水だか化粧品だかの匂いのほうがやはり遥《はる》かにマシだ。

「こ、殺……ば、バカかよ、そ、そんなことできるわけないだろうが」

「そう？　だったら、どうして今この瞬間も世界のどこかで人は人に殺されていくんだろうね」

いつも笑うのをやめた途端に、急速に冷めた気持ちに陥《おちい》る自分を上木原は感じていた。

一か百か。白か黒か。そんな風に単純に分かれてでもいるかのように、ぎこちない心。『笑うな』『黙るな』と倉知に指摘されてしまうほど、普通の自分でいるのが難しい。

そもそも、普通の自分とはどんなのだったか。あまりにも遡《さかのぼ》るべき期間が長過ぎて見失いかけている。

「上木原、おまっ……そんな脅《おど》し、いいと思ってんのか？　脅迫だろ、脅迫！」

「おまえがなにもしなきゃ、なんにも起こんないのに？　それとも、『これから倉知に手を出そうと思ってんだけど、手を出したら殺すって言われてるんです～。これって脅迫じゃないですかぁ』ってこと？」

「ちがっ……し、知らねぇって言ってるだろうが。倉知が保健室で寝てたのも知らねぇよ。なんの証拠があって、おまえはそんなこと言ってんだ!?」

「ないよ、証拠なんて」

「はぁっ？」

宮木は声を裏返らせた。

「怪しいと思った奴が犯人。いいだろ、シンプルで」

「おっ、おまえ、そんなんで……」

「安心しろよ、臭いのはおまえだけじゃないから。さて、次行かないと。結構多いんだよな、これが……生徒じゃない奴は面倒臭《めんどくさ》いなぁ、まぁ叩けば埃《ほこり》出そうな奴だけど」

上木原は身を引く。取り出した携帯電話を開き、メモをスクロールさせ始めた。

「生徒じゃないって？　誰だよ……まさか先公かよ？　はっ、安い友情で退学にでもなる気か、おまえ」

ははっと宮木は乾いた笑いを零《こぼ》し、上木原は眦《まなじり》のきつい眼をちらと男に向ける。

「俺はあいつに友情なんかないけど」

「じゃあ、なんだよ？」

答えは口にしなかった。ポケットに携帯を戻そうとした手を止め、さも哀しげにぼやいた。

「ああ、血が出ちゃった。痛いの、嫌いなのに」

拳を作った左手の関節に滲《にじ》み出《だ》した血液。自身を慰《なぐさ》める犬みたいにペロペロと傷口を舐《な》めながら、上木原は口の端だけで挑発的に笑んだ。

「おまえは？　なぁ、宮木は痛いのは好き？」

「……お、おまえって……」

言いかけて言葉を飲んだ男は、気持ちの悪いものでも見るような目でこちらを見上げてくる。

「……さっきのさ、当たってるかもな。俺がおかしいっての。言っとくけど、人間なんて先におかしくなったもんが勝ちだよ。だから俺、まともにならないようにしてるんだよね。そんじゃ、バイバイ」

壁際に男を残したまま、何食わぬ顔でその場を去る。

日の短い空はあっさりともう夕暮れだ。

また夜が来る。

長い長い、夜。

校舎の裏から、体育館の裏へ。窓という窓が開け放たれた体育館からは、バレー部だか、バスケ部だかの基礎練習の掛け声が力強く響いていた。

元気がいいな。上木原は他人事みたく思う。

同じ高校生であるはずなのに、次元でもいくつも違えているかのように遠い。

イッチニ、イッチニ。

格子《こうし》の窓の向こうから聞こえてくる声が背中を押す。急《せ》き立《た》てられでもしたみたいに上木原の脳裏に、いつもはもう存在さえ忘れている男との記憶が走り抜ける。

『お父さん、どうしたの？』

眠りから目を覚ました自分。パジャマ姿で目を擦《こす》る。

視界は低く、キッチンのシンクの前に立っている男を仰《あお》いだ。

『お父さん、それ危ないよ？』

腿《もも》の辺りでがくがくと震えている男の手。いつも会社に行くときに来ているスーツのスラックスの上で握《にぎ》られた手に、母だけが台所で使っているものが光っている。

『ねぇ、お父さん……お母さんはどうしたの？』

男はそれには応えず、光るものを自《みずか》らの首に突き立てる。

赤い色。

『たかし、ごめんな。もうだめなんだ、もう……おそいんだ』

先におかしくなったほうが、勝ち。

だから取り残されないように。

早く早く。イッチニイッチニ。

「………クソ」

気分が悪い。ただでさえ寝不足の頭がガンガンとなる。

上木原は歩みを止め、ふと手のひらを見つめた。

擦《す》り剝《む》けた手のヒリつく痛みよりも、思い出したのは指の間をすり抜けた、あのするすると捉《とら》えどころない髪の感触だった。

真《ま》っ直《す》ぐにマンションに帰った上木原がエレベーターを降りたのは、五階だった。

「倉知！　おーい、倉知？」

チャイムを鳴らしても応答はない。ノブに手をかければ、玄関ドアはあっさりと開いた。家の中に声をかけても反応はないものの、玄関にきっちり揃《そろ》えて脱ぎ置かれているのは倉知の革靴だ。

病院から戻っているのだろう。

従兄弟《いとこ》の優一《ゆういち》もいなさそうなことを幸《さいわ》いに勝手に家に入ると、奥の自室のベッドに倉知は転がっていた。

「なんだよ、また寝ちゃってるし」

制服のままだ。自分と違い、帰宅と同時にハンガーへかけないと気のすまなそうな男が上着のブレザーすら脱がずに転がっているところをみると、発作《ほっさ》で寝込んでしまったのか。

「おい、倉知。起きないと、家捜《やさが》しするぞ？　恥ずかしい秘密とか、恥ずかしい秘密とか、恥ずかしい秘密とか、暴露《ばくろ》されちゃってもいいのかなぁ？」

なんて言ってみたものの、仰向《あおむ》けに横たわった男はぴくりとも動かない。

いつ見ても、いかがわしいものなど一つも隠されていなさそうな部屋だった。机にベッド、背の高い本棚。ジャガード織《おり》のカーテンは青い無地。無駄なものが一つもなく、そして清潔に整えられた部屋は、まるで住人そのものだ。

キャスター足のデスクチェアに鞄《かばん》が置かれ、机には取り出したらしい教科書やノートが積まれていた。早退した分、早速自習で補《おぎな》うつもりだったのだろう。

落ちていたペンケースを拾い上げ、机に置くとベッドのほうを振り返る。

傍《かたわ》らに歩み寄った上木原は、しばらくそこに突っ立っていた。

動く気配のない男。ぐっすり眠っているように見えるのに、よくない夢でも見ているのか胸元に置かれた右手は硬く握り締められている。

額にかかった髪は、掬《すく》い上げると指の上をするすると滑《すべ》り落《お》ちた。身を屈《かが》めた上木原は、そのままベッドの上に乗り上がってみる。

べつになにかしようと思ったわけじゃない。

ただ、確かめてみたくなった。

「……こんな感じか？」

跨《また》いだ体を見下ろす。両腕を男の顔の脇《わき》についた。誰かを壁との間に閉じ込めているときのように。

宮木を前にした際の冷め切った自分はやって来ない。

上木原は自然と笑んでいた。

倉知だけが喚起《かんき》する感情。この感情がなにか、はっきりと今では知っている。けれど、倉知がそれを良しとしないだろうことも理解している。

最初はただのクラスメイト。今も唯一無二《ゆいいつむに》の存在かと言われれば、そんなことはない。厄介《やっかい》な病気持ちで、顔なんか綺麗で、性格も並以上に捻《ひね》くれているけれど。うんざりするほど人が溢《あふ》れたこの世界では、いくらでも代わりの人間などいる。

自分を満たす宛《あ》てなら、そう、いくらでもあるのに。

左に顔を傾けて眠っている男の顔を、上木原は無言で見つめる。

嫌になるほど整った顔だ。鼻をクンクンと鳴らしてみても、倉知からは煙草の臭いも人工的な甘い匂いもしない。なのに鼻腔《びこう》が刺激され、脳へと伝達していく『なにか』を感じる。

部屋の中に風は吹かない。駅のホームのように爽《さわ》やかな風に『なにか』は押し流されることなく、自分の中に蟠《わだかま》っていく。

長い長い、夜。

考えてみた。

この男の上で腰を振るのはどんな感じだろう。

何度も何度も想像してみた。男とヤったことも、これからするつもりもないけれど。

制服のタイを引き抜き、ボタンが飛ぶほどの勢いでシャツを裂く。抵抗する体を組み伏せ、可愛げのない唇を開かせ、その奥にあるはずの赤い舌を覗かせる。

そのとき白い肌は上気《じょうき》するだろうか。泣くだろうか。アレを突き入れる度《たび》、まだ見たことのない涙を零《こぼ》し、聞いたこともない声を上げて自分を煽《あお》り立《た》て――

ここにスパナがあれば、自分の後頭部を殴《なぐ》りつけるのに。

昔、家の工具箱の中にあった錆《さ》びたスパナ。公園のブランコでもいい。子供の頃、地面に落ちて尻餅《しりもち》ついた自分めがけ、弧《こ》を描きながら無情に急降下してきたあのブランコ。あれは星が飛び散るほどの衝撃だった。

でも、ここにはスパナもブランコもない。

「……倉知、そろそろ起きろよ。さもなきゃ、後悔するぞ」

上木原は肘《ひじ》で支えた体をさらに沈める。

男の顔に触れた髪の先が、その頬を滑る。

頭の中では、ケダモノみたいな自分が絶頂《ぜっちょう》を求めてまだ腰を動かしていた。親友であるはずの男は、娼婦みたいな恥ずかしげもない声で喘《あえ》いでいる。

ギラギラした妄想。

けれど現実では、上木原は淡く体の一部を重ねただけだった。

軽く目を閉じ、左を向いた男の顔に合わせて、寄せた顔をそっと傾ける。

温かな熱を微《かす》かに唇に受けた。

かさついて感じられたのは、自分の唇が荒れているからなのか。男の唇のあわいから漏《も》れた微かな息が、自分の唇を撫でた瞬間、ただそれだけのことに上木原は落とした目蓋《まぶた》を震わせた。

——キスをした。

「倉知……」

それが確かだったと証明するように、眼下の顔がゆっくりと目を開く。

「……喬？」

後頭部目がけて降りてくるブランコが見えた気がした。


キスをされた。

それを夢ではなく確かなことだと自覚させたのは、自分を見下ろす男の一言だった。

「だから言ったろ、さっさと起きろって」

ニヤケるでも、悪びれるでもない淡々とした調子で上木原は言った。

「は……？」

倉知は呆れ声を出す。

至極《しごく》当然の反応だったろう。帰宅して、荷物を整理してたら眠気に襲われて、その場に座り込みそうになるのを堪《こら》えてベッドに横になって——そして目を覚ましたら、友人の男が乗っかっていたのだ。

唇に受けた感触は、微かだがしっかりと残っている。

「喬、なんの真似《まね》だよ？」

不思議と冷静な声が出た。抑制《よくせい》しているわけじゃない。怒りはどういうわけか倉知の中にすぐに現れようとせず、まるで襲いかかるみたいにベッドの上の自分を囲《かこ》っている男をただぼんやりと見上げる。

自分は寝ぼけてでもいるのか。

怒れ、怒れ。

念じつつ、意識的に眉根を寄せた。上木原は、身を起こしながらいつもの調子ばかりいい声で言う。

「いいだろ、キスぐらい。年頃だもん、ムラムラしちゃうんだもん。気にすんな……深い意味はないよ」

「意味はないって……」

芽生《めば》えようとしなかった感情が、腹の底からじわりと湧《わ》き上《あ》がる。熱を持ちそうな自分を感じ、倉知はそっと息を深くついた。

「おまえに構ってばっかりで、最近誰とも会ってなかったしさ。もうずっとご無沙汰《ぶさた》。欲求不満みたいなもん？」

『悪い悪い』なんて、この世で一番誠意の感じられない詫《わ》びを男が吐くのを、無言で耳にした。

上木原はベッドの端に腰をかけ、倉知もゆっくりと起き上がる。

「おまえ綺麗な顔してるし、女と比べてもまぁ遜色《そんしょく》ないし……」

「……誰が構ってくれって言った？」

「え？」

「言ったよな、自由にしてろって。それでおまえは俺に『合わせてなんかない』とも言ったよな？　なのに欲求不満だって？」

キスなんて呼ぶようなものじゃない。騒ぎ立てるほどの感触ではなかった。

女の代わりに――

「倉知……」

「触るな」

倉知は伸ばされた手を叩き落としていた。

そんなくだらない理由を人に聞かせておいて、肩でも頭でも撫でて宥《なだ》められるとでも思っているのか。

手のひらを一時見つめた男は、呆然とした声で言う。

「……悪かったよ。そんなに俺にされんのがヤだったとはね……まぁ普通に考えて嫌か、野郎相手じゃな」

「そういう問題じゃない」

「ああ……エロいこと全否定なんだっけ。もしかして、キスもそのうちに入ってんの？」

問う男に戸惑う。また『童貞か』だのなんだのと、下世話な質問で人を揶揄《やゆ》るつもりかと思えば、ニヤケた笑いを繰り出す気配はない。

上木原の目は、落ち着き場所を探すようにベッドの縁の辺りを彷徨《さまよ》った。らしくもない。まるで、自分の目を見て問う勇気が持てないとでもいうように。

「なぁ倉知、やっぱりおまえ……なんかあんのか？」

「なにかって？」

「だから、つまり人と触れ合うのが嫌いってことだろ。それって、もしかして中学の……」

放っておきたい部分を持ち出される予感がした。

上木原がなにを思って言い出したのか知らないが、倉知の頭をよぎったのは、乾いた大きな手の記憶。薬品の匂いのする、自分の口を塞《ふさ》いだあの手——

寒くもないのにぶるっと体を震わせそうになる。未《いま》だにそんな反応を見せる自分が、なにより煩《わずら》わしい。

「帰れよ」

「倉知……」

「二度と勝手に人の家に入ってくるな。帰れ、ほらさっさと俺の部屋から出ろよ……」

肩先を押すと、それだけで大人しく上木原は立ち上がった。少しぐらいの罪悪感は持ち合わせているのか。

一緒にベッドを降り、倉知はさらに背中を押した。

続く言葉を聞きたくなかった。急《せ》かされるまま上木原はドアへと向かう。

ドアは半開きになっており、押し開かせようとして倉知はびくりとなった。

人が立っていた。

「優一《ゆういち》さん……」

いつの間に帰ってきていたのだろう。いつからそこに立っていたのか、上木原も動揺した声を発する。

「あ……おじゃましてます」

「もう、帰るとこ？」

「ああ、はい」

「そう」

優一はそれ以上言葉を続けようとしなかった。素行《そこう》も怪しくチャラチャラと軽い上木原を、優一は普段から煙《けむ》たがってるが、それでも本人を前にしてここまで素《そ》っ気《け》ないのは珍しい。

まるで一切《いっさい》の感情を殺した能面顔《のうめんがお》。揉《も》め事《ごと》に発展するよりは遥《はる》かにマシか。

倉知と優一の両方から追い立てられるようにして、上木原は家から出て行った。

見送る義理はない。部屋の戸口に突っ立ったまま、玄関ドアの閉まる音を聞く。気分は淀《よど》んだままだったけれど、傍から離れない優一の手前、舌打ちしたいのはどうにか堪《こら》えた。

――着替えないと。

そのまま寝てしまったせいで、制服が皺《しわ》だらけだ。

部屋に引っ込もうとすると、優一に問われた。

「なにをやってた」

「え……？」

「あの男と、なにをやってた？」

「なにって、べつに……」

どこから見ていたのだろうか。

揉めて追い出すところか、上木原が自分にキスしたらしいところか、そのもっと前――前は知らない。上木原がこの部屋でなにをして、なにを考えていたのか自分にも判らない。

あいつは、なんで俺のところに来たんだ。

黙っていると、怪訝《けげん》がっているとでも思ったのか、優一が言葉を続けた。

「いや、揉めてるようだったから」

「ちょっと……言葉が行き違っただけだよ。大したことじゃないから」

「……そう」

「心配させてごめん……優一さんは？　今帰ってきたんだよね。夕飯、どうする？　俺、なに

れば話はべつだ。

いつ寝込んでしまわないとも限らないので火を使う料理は普段はしないが、優一もいるとなれば話はべつだ。

気を取り直して倉知は言い、不意に伸びてきた手にびくりとなった。

「寝てたの？　髪が乱れてるよ」

「ああ、また発作で……」

髪に触れる手に、不自然に身を引きそうになる。どうにか堪えた。寝癖を直されるぐらいでなんだ。いちいち人の手に過剰に反応する自分にうんざりだった。

「……優一さん？」

襟足《えりあし》を撫でつけていた手が、するりとこめかみの辺りに移る。

右の生え際《はえぎわ》近く。上手く誤魔化《ごまか》してると言っても周囲の髪で覆《おお》うように馴染ませているだけで、切り取られた一部はまだ不自然に短い。

バレたのではと思った。

けれど、優一はなにも言わなかった。気づかないはずがない。なのに、詰問《きつもん》も驚きもなく、無反応でただその指を櫛《くし》のように幾度も髪に通す。

優一は笑んだ。

「制服、着替えておいでよ。食事は僕が作るから」

「ほら倉知、俺がノート完璧に取ってるなんて奇跡。この借りは高くついちゃうよ〜」

能天気な声と共に、ずいっと住田にノートを差し出されたのは、二時限目と三時限目の間の休み時間だった。

今朝の一時限目の授業のノートだ。

「おまえ、俺にそんな口叩ける立場だったか？」

自分の席に座ったままの倉知は、受け取りながらも毒を吐くことを忘れなかった。なにしろ、課題やらでは度々《たびたび》世話をしている。

自覚があったらしい男は、『てへ』と気持ちの悪い擬音《ぎおん》を添えて誤魔化し笑いを見せた。

「今のナシ、無し！　倉知くん、いつもお世話になってます」

「調子のいい奴」

「『処世術』って言ってくれ。けど、おまえが朝一から居眠りで遅刻なんてなぁ」

今朝、倉知は遅刻した。電車内で眠り込んでしまい、派手な乗り過ごし。危うく数十キロ先の隣県の終点まで行ってしまうところだった。

朝っぱらから学校にも辿《たど》り着《つ》けないのは初めてだ。

朝は発作も少ない上、いつも一人ではなかった。

上木原を部屋から追い出した翌日から、倉知は一緒には登校していない。週末を挟んで、一週間近くになる。

さっさと一人で学校に行ってしまう自分に、上木原も特に理由を問《と》い質《ただ》してはこなかった。キスの一件だけで、避けるに充分な理由と思っているのだろう。けれど、だったら……それほどのことと思うのなら、何故《なぜ》あんな真似をしたのか。

「まさか、上木原も寝過ごしとか？」

自分の目線の先に気づいた住田が言う。騒がしい教室内に上木原の姿はなく、机は空席だった。朝から姿を見せていないらしい。

「またどっかでサボってんのかねぇ」

倉知は言葉には反応せずにノートを掲《かか》げた。

「……住田、これ明日まで借りてていいか？」

「おう、何日でも」

「何日でもっておまえ……そんなだから、成績上がんないんだよ。予習復習に使えよ」

苦笑を浮かべる。ちょうど予鈴《よれい》が鳴り、そこかしこで輪を作っていた生徒たちは散り散りに自分の席に戻り始めた。

ますます空《あ》いた上木原の席が目立つ。

遅刻して、一年ぶりの病院……とかではないだろう。

ＰＴＳＤ——心的外《しんてきがい》傷後《しょうご》ストレス障害。病院で偶然耳にすることになった単語は頭に引っかかっている。治療の中心になるほどのなんらかのトラウマが、上木原の過去にあったということだ。不眠症の根底《こんてい》にあるのはまず間違いないだろうけれど、具体的にそれがなんなのかは倉知は教えてもらえなかった。

むしろ教えられなかったことが、答えの方向を示している気がした。

事故や災害。なんら憚《はばか》られるものでなければ、躊躇《ためら》いなく告げられただろう。うっかり口を滑《すべ》らせかけた受付の若い女は、看護師からものすごい目で睨まれていた。

知りたい。

そう思ってしまうのは、ただのエゴなのか。

知ったところで、自分にはどうにもできないだろう。

つい窓辺の席に目を向けていると、がらりと前方の引き戸が開く。教師とばかり思っていた倉知は、入ってきた男の姿にどきりとなった。

どこで時間を潰《つぶ》してきたのか。いつもと変わらない様子の男にほっとする。

上木原は教室に入りながら、真っ直ぐにこちらを見た。目が合いそうになり、倉知は思わず顔を背《そむ》けていた。

放課後は文化祭の準備当番だった。

十一月下旬の文化祭までは、あと二週間も残されていない。ようやく真面目に当番をこなす生徒も増え、教室の後部スペースにはダンボールのオバケ屋敷セットが山と積まれていた。恐ろしくチープなセットだが、後は暗幕《あんまく》効果にでも期待するしかない。

居残りが許されている七時を過ぎ、教室からはぞろぞろと生徒たちが帰宅し始めていた。隣近所の教室も、皆似たような状況だ。隣は演劇をやるらしく、放課後は練習の声がよく響いてきている。

「住田《すみだ》、今日はバイトじゃなかったのか？」

倉知《くらち》は廊下を並んで帰りながら言った。

バイトの日はいつも飛ぶように帰っていく男だ。少し前まではこの近所のファミレスでバイトをしていた住田は、夏休みに臨時で入った家の近所のレストランのほうが時給がよかったとかで、今はそっちに移っている。

「あ、うん。今日はちょっと土曜と替えてもらった」

「土曜はコンパだろ？　女子高のコンパに混ぜてもらうって、おまえはりきってただろう。N女はレベル高いとかって興奮しまくって」

「あ、うん。まぁ、ちょっと頼まれて」

「頼まれて？　今おまえ、自分でバイト替わってもらったようなこと言わなかったか？」

どうにも歯切れの悪い返事をする男は、倉知の突っ込みに乾いた笑いを零《こぼ》す。

「あ……はは、ほら、どうせコンパなんて参加しても、『アンタ誰だっけ？』とかって後で言われちゃうのが俺オチだから。空気顔だし」

自虐的《じぎゃくてき》に言って頭まで掻《か》く住田を、倉知はそれ以上追及はしなかった。

「まぁいいけど……じゃあ、駅まで一緒に帰るか」

「おう。帰ろう帰ろう」

校舎の廊下は蛍光灯《けいこうとう》の明かりが並んでいる。表はすでに真っ暗だ。木枯《こが》らしとまではいかないが、すっかり冷たくなった秋の夜風が校庭のほうから吹き抜けていた。

教室を出た頃には前後に続いていたクラスメイトも、校門を出てからはバラバラになっていく。

駅に向かって歩道を歩き出すと、尋ねてもいないのに住田が言った。

「上木原《かみきはら》、当番は昨日と替わったんだってさ」

「……そうか。あいつのことだから、てっきりサボってるのかと思ったよ」

「一緒だとおまえが嫌がると思ったんじゃないのか？　なぁ、倉知……なにやったか知らないけどさ、そろそろ許してやったら？」

周囲の空気には誰より敏感《びんかん》な男だ。上木原や自分に尋ねるまでもなく、なにかあったらしいことは察していたに違いない。

「べつに俺は怒ってないよ」

倉知は即答した。

「え？　なら、どうして……」

「ちょうどいいだろうと思って。きっかけでもないと、一人になれないだろ」

「とうとう今朝は派手に遅刻しといて、なにが『ちょうどいい』んだよ。やっぱ、おまえは上木原といたほうがいいんだって」

自然と苦笑いが零れた。傍《はた》から見ても、自分は上木原いなくしては学校生活が成り立たないように見えるのだろう。

「喬《たかし》には感謝してるよ。あいつには何遍《なんべん》も助けられてる。だから、そうそうのことじゃ俺は喬に本気で怒ったりしないし、今だって本当に怒ってない」

「……なんだよ、そういうのは俺じゃなくて上木原に言ってやればいいのに。いつもおまえ……あいつに偉そうにしてばっかじゃん」

理解できないと、やや呆《あき》れ声《ごえ》で住田は言う。

「言えないだろ、あいつには」

「なんで？」

「礼なんて言ったら……あいつは俺から離れられなくなるよ」

「え……」

「あいつ、いいかげんだけど、そういうとこは優しいからな。俺がペコペコしてたら離れるタイミングなんて摑《つか》めないし、一生面倒《めんどう》見なきゃって話になるだろ」

話すつもりもなかったことまで、つい打ち明けていた。

訪《おとず》れた夜の暗がりのせいかもしれない。密《ひそ》やかな空気の中で倉知は言葉を紡《つむ》ぐ。

「高校もな、あいつは余所《よそ》にも行けたんだ。でも俺に合わせて、今のとこしか受験しなかった」

「あ……こないだの話って、もしかして……」

「喬のことだよ。あいつ、結構頭いいんだぞ」

街灯の真下を通る間際、倉知は眩《まぶ》しさに俯《うつむ》き加減になりながら言った。

「俺、大学は県外行こうと思ってる」

住田はすぐに反応しなかった。珍しく頭で言葉を咀嚼《そしゃく》でもするかのように押し黙ってから、口を開いた。

「それって、いいとこ狙《ねら》うとかそういうやつじゃなくて、遠くに行きたいって意味だよな？上木原に黙って受けんの？」

「言ったら意味ないだろ。あいつの進路の邪魔したくないんだ」

「倉知、間違ってるよ」

「え……？」

指摘され、思わず住田の顔を見る。

「優しいからとかじゃないだろ、あいつがおまえを助けようとするのはさ。だって、おまえはそうやってちゃんとした礼も気持ちも言ってないのに、それで素《そ》っ気《け》なくされても尽くしちゃうのって、単に好きだからなんじゃねぇの？」

住田の言葉に反射的に思い出したのは、自室での出来事だった。

あの触れ合った微《かす》かな熱。ベッドの上で上木原の作り出した小さな空間。乗っかられて見下ろされ、左右についた腕に顔まで囲《かこ》われ、息苦しいはずなのに少しも不快ではなかった。

あの後の上木原の言葉以外は。

キスなんて、欲求不満だったとしても意味なく同性にしたくなるだろうか。

そもそも、キスで欲望など解消できやしないのに――

「なぁ、友達のためになにかしたいってさ、普通じゃん。それって、邪魔とかじゃないだろ？」

「……友達……そうだな、そうかもしれないな」

その考えが理解できないわけじゃない。

けれど、どういう気持ちであれ結果は同じだ。去年の夏休み、バイトでクビになったときのように、相手に迷惑をかけてしまう。

倉知は上手《うま》く言葉を返せずに、黙り込む。

歩くうちに道は明るくなってきた。学校から最寄《もより》駅までは十分程度の距離で、半分も行けば大通りに差しかかる。街灯や店舗の数も増え、車の通りの激しい道が目の前に見えてきたところで、住田が急に変な声を発した。

「……げっ」

「どうした？」

目前の店をその目は見ている。

「ほら、あいつ！　今日はいないと思ったのに」

言われて注目すれば、大通りとの角に位置するコンビニの中に、覚えのある顔が見える。

進学校の制服を着た男。校門の前の不審者だ。道路に面した雑誌コーナーに立っており、明らかに挙動不審にこちらをチェックしている。

「なんだ、ショバ変えか。校門じゃ誰かに注意でもされたのかもな」

「なにのん気なこと言ってんだよ。俺、おまえがここで寝込んだって、おぶって逃げたりできないからな。おまえのほうがデカいんだから」

住田のほうが青い顔をしていた。

コンビニ前なら、たとえ路上で寝込んだところでそうそう危険な目に遭《あ》うとも思えないものの、確かに気味が悪いことに変わりはない。

「急ごう」

「あいつ、今『あっ』って顔したぞ。やっぱりおまえ狙われてんだよ。こないだ髪切ったの、あいつじゃないの？　変質者まで召喚《しょうかん》すんなよ、もう」

「他校の制服じゃ校内には入り込みづらいだろ。召喚って、俺は魔法使いか」

「魔法使いのほうが、『魔性《ましょう》』よりマシだ」

コンビニの前を過ぎる。男が店を出て追ってくる気配がして、二人はますます足早になった。一目散《いちもくさん》に駅へと向かう。息を切らしながら改札を潜《くぐ》ったところで背後を確認してみれば、男が駅の中までついてくる様子はなかった。

「撒《ま》けたかな？」

肩を弾《はず》ませながら住田は言う。ただの一本道で撒いてしまえるような道程じゃない。自《みずか》ら追うのをやめたのだろう。

「そんじゃ、俺ここで。倉知、くれぐれも気をつけて帰れよ？」

「ああ、また明日な」

反対方向の住田とはいつもどおりそこで別れたものの、その後も姿を確認することは容易にできた。ホームは二つしかない小さな駅だ。線路越しの男に軽く手を振られたり、振り返したり。

そうこうするうちに、倉知はあることを思い出した。

「……ノート」

午前中に住田に借りた、あの授業のノートだ。

教室に忘れてきている。

早く返そうと思ったのが仇《あだ》になった。ホームルームの後も、文化祭の準備を始めるギリギリまで書き写していて、つい鞄《かばん》の中ではなくどこかに置いてしまったのだ。

たぶん教室の後ろの棚《たな》だ。

明日の朝、一番に見つけよう。一晩ぐらいどうということもないだろうし、心配なら早く行けば――――自分のノートであればそれで間違いなくすませるけれど、他人のものであるのが引っかかる。

向かいのホームを見ると、ちょうど電車が入ってくるところだった。住田はメールでも打っているのか携帯電話を弄《いじ》っており、こちらを見ないその姿は、車体の壁に飲まれてあっという間に見えなくなる。

倉知はベンチから立ち上がった。

警戒しつつ潜ったばかりの改札を出る。さっきの怪しい男がいたら諦めようと思ったが、幸《さいわ》い表にもその姿はない。けれど、ほっとしたのも束《つか》の間《ま》、正面の横断歩道を渡ったところで、変質者より嫌な奴に出くわしてしまった。

駅前のファーストフード店から集団で出てきたのは、宮木《みやぎ》のグループだ。

「……あれ？」

目ざといったらない。

「倉知くん、おうちに帰んないんでちゅか～？」

逆走するように学校に向かう自分の行く手を遮《さえぎ》り、男は声をかけてくる。構う時間は一時も惜《お》しかった。

「どけ」

押《お》し退《の》けて先を行こうとして、訳の判《わか》らない言葉を背中に投げつけられた。

「調子乗ってんなよ。一人じゃなんにもできねぇくせに」

戻った学校は、出たときとはまた様変《さまが》わりしていた。教室に残っていた明かりは落ち、一階に残るのみだ。

部活動生たちももう帰ったのだろう。暗く人気《ひとけ》もないグラウンドは、すっかり夜の空気だった。

急ぎ足で教室に向かい、ノートを探す。教室の後部は作り上げたオバケ屋敷セットで埋《う》もれており、手間取ったが無事に見つけ出せた。

よかった。これで家に帰って続きを写すこともできるし、明日の朝には住田に返せる。

安堵《あんど》して教室を出る。点《つ》けていた明かりを消した途端、周囲は暗くなった。廊下はスイッチの位置が判らず、窓明かりだよりだったのだ。

後は帰るだけのはずだった。

階段に向かって歩き始めた倉知は、すぐに自分の異変を感じ取った。

眠い。

急に足取りが重くなる……。

「……やめてくれよ、こんなときに。暗くなったらおやすみじゃないだろ、子供じゃないんだから……」

自分を叱咤《しった》して呟いてみるも、毒のように回る眠気は瞬《またた》く間に倉知を支配していく。倉知は懸命に足を動かした。

――帰らないと、こんなところで寝るわけにはいかない。

どこかで足音が聞こえた気がした。階下の物音だろうか、まだ教師は全員は帰っていないはずだ。

ゆらゆらと響くその音は、遠のいているようにも、近づいているようにも感じられる。振り返ってたしかめようとして、できない。頭が重い、足が重い、体中が鉛《なまり》を背負《せお》ったように重い。

沼地でも歩いているみたいだ。

眠い。眠い。

せめて横になれるところへ。こんなところじゃ――ここは、どこだっけ？　ああ、そうだ……沼地だった。自分はどうしてこんなところを歩いているのだろう。

倉知はとうとう足を止めた。立っているのか、座っているのかさえ怪《あや》しくなる。ずぶずぶと足が泥《どろ》に沈み込んでいくような錯覚《さっかく》。その場に崩《くず》れ落《お》ちていく倉知の耳に、声が聞こえた。

誰かが自分の名前を呼んでいる。

誰かが自分の体に触れる。

今、肩を摑んだ。背中を抱かれた。両腕が体に回り、抱き留めてくる。

プンと薬品の匂いが鼻を掠《かす》めた気がした。

あの匂いだ。

「……るな」

あの手だ。荒れてかさついた手のひら、いつも自分を抉《こ》じ開《あ》けようと触れる。

「……俺に、触るな！」

倉知は目蓋《まぶた》を起こすことすら困難な中、声を搾《しぼ》り出《だ》した。ぐったりとした体を抱く腕は一瞬緩《ゆる》んだけれど、自分を放そうとはしない。

もう、嫌だ。

「嫌…なんだ……」

おじさん、嫌だよ。

——誰か、助けて。

『惨《むご》いね、子供の前で無理心中なんてさ』

黒い服の人が喋《しゃべ》っている。

『お母さんの首を絞《し》めて、自分は包丁で……なんてね』

黒い大きな車の陰で話をしている。

『うちの子と、同い年だって。学校は違うみたいなんだけど……あ、そういえばうちの子ね、昨日リトルリーグの試合だったの。初めてレギュラーに選ばれて……』

黒い涙の後に、黒い微笑を浮かべる。

黒い服、黒い車、黒い傘。黒い雨が降る。黒いアスファルトにできた黒い水溜まりは、どこにも吐き出すことができずに溢《あふ》れ、そこにあるものをすべて黒く染め上げていく。

人の顔も、車の窓も、雨に濡れて途方《とほう》にくれる飼い犬も。

黒い。黒い。黒い。

真っ黒な世界。

「……っ……」

不自然な形にベッドにうつ伏せた上木原は、はっとなったように体を小さく弾ませた。

目を開いても、視界は闇に閉ざされている。

制服姿のままベッドに倒れ込み、そのまま意識を失い眠っていた自分に気がつく。いつの間にか夜を迎えた部屋は暗く、ブラインド越しの月明かりが窓辺だけをぼんやりと浮かび上がらせていた。

泥の中を泳いででもいたみたいに体が重い。傍《かたわ》らで時計の赤いLEDライトが知らせているのは七時三十九分。長い間眠っていたと思ったのは錯覚で、実際は一時間にも満たない浅い眠りだったらしい。

相変わらず質の悪い眠りだ。悪い夢を見ていた気がするが、覚えていない。思い出したくもない。

暑くもないのに酷《ひど》い寝汗を掻いていた。

顔を起こせば、なにかが頬に不快に貼りついている。顰《しか》めた顔でそれを剝《は》がし、ベッドサイドの明かりを点《とも》した上木原は、ごろりと仰向《あおむ》けになって掲《かか》げた。

帰宅時にポストに入っていた手紙だ。眺めるうちに眠ってしまったらしい。

読み返すほどもない、端的《たんてき》な用件の手紙だった。

「……『死ね』、だってさ」

正確には『失《う》せろ。さもなくば死ね』。

「古典的だなぁ。今時新聞切り貼りの脅迫状なんて、しかもなんでブルーの便箋《びんせん》なの？　七人に同じもの配れとか、そういうんじゃないよな」

ぺらりとした箋紙《せんし》を裏返しにしても、なにもあるはずがない。同色の封筒にも宛名が書いてあるのみで、判るのは直接エントランスのポストに投函《とうかん》されたということだけだった。

恨みを買う覚え。少し前まで一つもなかったけれど、今はすっかりありまくりだ。

裏返した左手の関節の傷はかさぶたになっている。舌打ちで紙切れを丸め、部屋の隅へ放り投げようとした上木原は、テーブルで点滅《てんめつ》している小さな光に目を留める。

起き上がって近づき、無造作に積んだ雑誌やらチラシの山の上の携帯電話を手に取った。

住田からメールが来ていた。

『約束どおり、倉知は駅まで送った。次は絶対コンパに行くからな、自分でどうにかしろ。以上。』

恨み言を忘れない報告に苦笑する。メールはほんの十五分ほど前に届いたものだった。

すぐに返信を打とうとして、上木原は手を止める。タイミングを合わせたように電話の着信を告げるメロディが響き始めた。

『……か、上木原？　俺、今電車なんだけど』

不自然に声を潜《ひそ》めた男の声が聞こえてくる。周囲の乗客のざわめきや、走る電車の音。無理をして電話をしてきた住田に、上木原は首を捻《ひね》った。

「ああ勇《いさむ》、メールちょうど読んだ。無理言って悪かったな、礼はちゃんとするから。なんなら俺がコンパをセッティングしたって……」

『それが、あいつからメールが来たんだ』

「……え？」

『倉知、学校戻るって。なんか俺が貸したノート、取りに行くとかって……見つからなかったら他の奴に借りて写して弁償《べんしょう》するって……べつになんかやばい目に遭ってるわけじゃないみたいなんだけど』

住田の話に、上木原は通話を終えてからもその場に突っ立ったままだった。

考える。なにもなさそうと言われても、やっぱり取らずにはいられない行動は一つだ。

携帯電話を握り締めたまま、上木原は部屋を飛び出した。プレハブ小屋の安っぽいドアを外れんばかりの勢いで押し開く。

そのまま走り出す。階段口を目指し、財布を確認しようと後ろ手を回したところで、視界が捻りでもしたかのようにグルンと回った。

段差もない場所でバランスを崩し、上木原はずるりと派手に足を滑《すべ》らせていた。

「……小石？」

暗がりで探ったコンクリートの足元に、なにか不自然にざらつく感触がある。普段はなにもなかったはずだ。

いつからあったのか判らない。

「……なんだこれ、頭打って死ねってか？」

嫌がらせの一環《いっかん》だとしたら、随分稚拙《ちせつ》だと思った。

いつもスムーズにやって来ない電車を待つ気になれず、上木原はタクシーに乗った。

電車で二駅の距離は、車でもそう遠くない。

正門を潜り直接校舎前に乗りつけた。グラウンドは暗く、校舎も一階の一部に明かりが残っているだけで、誰にも見咎《みとが》められずに校舎には入れた。

二階より上に上がると途端《とたん》に真っ暗。人の気配はまるで感じられない。

上木原は真《ま》っ直《す》ぐに教室に向かった。

マンションを出る際に確認した倉知の家は、明かりが消えたままで誰も帰ってきていない様子だった。単純なすれ違い。今頃電車で戻っている頃かもしれないが、それならそれでいい。

ただ、確かめたいだけだ。

窓からの月明かりを頼りに進む。廊下に落ちた窓枠《まどわく》の影。長い廊下にまるで黒い木立《こだち》のようにどこまでも並んでいる。普段騒がしくも賑《にぎ》やかな校内は、まるで昼の姿が幻想であったかのように無音に満たされている。

息苦しいほどの静寂。三階の中程の教室に辿り着いた上木原は、窓から中を窺《うかが》いつつ後方の引き戸に手をかけた。

静寂が破れる。

心臓が縮《ちぢ》んだ。

その瞬間響いたのは、扉がレールを擦《こす》る音ではなく、自分の腰の辺りで鳴り出した音楽だった。この場に不釣合《ふつりあ》いな軽快なメロディが、張り詰めた空気を裂くように鳴る。

「……びっくりした」

取り出した携帯電話のディスプレイを確認した上木原は、眉を顰《ひそ》めた。表情にそぐわない、テンションだけは高い声で電話に応じる。

「はぁい、喬くんの携帯です」

『上木原くん？　セントラルクリニックの原野《はらの》です。私のこと、判りますか？』

電話は通っていた神経科の女医からだった。電話なんて、中学生の頃に何度かもらって以来だ。

「あら先生、久しぶり。どうしたの？　元気してた？」

まるで友達のように話しかけながら、上木原は教室の引き戸を開ける。暗い教室は机が整然と並んでおり、後方には不気味に積まれたダンボールの墓、墓、墓。使用前から折れてしまった卒塔婆《そとば》が、だらりと枝垂《しだ》れたように下がっている。

『全然病院に来なくなったから気になってて。こちらから電話するのはどうかと思って、ずっと迷ってたんだけど……最近、どう？』

「元気じゃなかったら電話に出てないよ」

適当に応《こた》えながら明かりを探った。

『そう？　最後に来たとき少しは落ち着いてきたようなこと言ってたけど……上木原くん、どうも話を相手に合わせるところあるから……今、睡眠はどう？　薬がなくても大丈夫なの？』

「ん？　まぁまぁかな……」

耳に押し当てた携帯電話の声には生返事で、上木原は周囲を見回す。教室に特に変わった様子はなかった。ノートは無事に見つかったのかしらないが、倉知はもう学校を出たのだろう。駅のほうへ行ってみようと考える。こんなところに長居をしても、教師に見つかって面倒なことになるだけだ。

上木原は教室を出た。

『……上木原くん？』

「ああ、うん。聞いてるよ、先生」

『お友達も上木原くんのこと気にしてるみたいだったわよ』

「友達って？」

廊下を元来た階段に向かって歩きながら、なんの気なしに問う。

返ってきた名に、離れきっていた上木原の意識は電話へ引き寄せられた。

『倉知 馨《かおる》くん、同じ学校でお友達なんでしょう』

「ああ、まぁ……先生、俺のことなにかあいつに話した？」

『話さないわよ。詳しくはなにも』

「……そう。近いうちにでもまた先生の顔見に行くよ。ね、それより彼氏できた？　前に話したとき、仕事忙しくてそれどころじゃない、なんて言ってたけど……」

面倒臭いと思いながらも、つまらない世間話で濁《にご》して電話を切るつもりだった。浮《うわ》ついた声を廊下に響かせながら上木原は歩き、そしてふと足を止めた。

ドアが、開いている。

階段の手前の小部屋。

引き戸の上の黒いプレートに白く浮かび上がった文字は、『資料室』。

『上木原くんったら……いいでしょう、そんな話は。相変わらずよ、私のプライベートなんて……』

女医の声は耳を素通りしていた。

引き戸はさっき通ったときも開いていただろうか。判らない。いつだったか、隣校舎の女子と過ごした部屋だ。中は暗く、なんの気配も感じられない。

二十センチほど開いた扉の縁《ふち》に、上木原は手をかけた。

がらりと開く。

『……上木原くん？』

廊下からの月明かりが、資料室の奥深くへとするりと入り込んだ。自分の影も。並んだ埃《ほこり》っぽいスチール棚の間に、淡い光と一緒になって長く伸びる。

「あ……」

上木原は、自分が微かな声を上げたことに気づかなかった。

『上木原くん？　どうかしたの？　ねぇ、上木原く……』

カツン。手の中を滑《すべ》り落《お》ちた携帯電話が床を打つ。思いのほか軽い音を立てた薄っぺらな黒い電話は、次の瞬間にはメキリと嫌な音を立てた。

携帯電話を踏んでしまった自分すら意識できずに、上木原は部屋の中にゆっくりと歩んだ。奥のグラウンド側の窓の周囲は、差し込む外灯の明かりでぼんやりと明るい。

部屋の空気はじっとしている。いつだったか苦労して開けた窓は、今は閉じられており、張り詰めたみたいに空気は動けない。

あの日、日差しから女子と逃げ込んだ場所に、探していた男が不自然に頭と肩だけを壁に預けるようにして伸びている。

上木原はその足元に立った。

投げ出された体。周囲に散らばる衣服。

腹まで覗くほど胸元の開いたシャツから伸びた、白い二本の脚。

一目でなにがあったかを理解しながら、なにも判らない。頭が空っぽだった。

「……あ……ああ」

無意識に漏《も》らした声。意味なく体を反転させた。廊下のほうを向いたところで、並んだ棚を見たところで、悪夢のような光景を視界から消し去ったところでなにも変わらない。

頭を抱《かか》える。

なにも変わらない。変えられない。

なにもなにも、なにも。

戸口で微かな音が聞こえていた。携帯電話から漏れ聞こえる、自分を繰り返し呼ぶ声。上木原は大股《おおまた》に歩み寄り、床の上の電話を引っ掴んだ。

「……うるせぇよ！　黙れ、ババアッ!!」

廊下に向かって力任せに叩きつける。

電話が静かになっても、状況はなにも変わらない。

切れ切れの速い息をつく。いつの間にか、走ってもいないのに激しく肩で息をしていた。上木原は闇に怯《おび》える子供のように、恐る恐るといった足取りで部屋の奥へ戻る。

「……くら…ち？」

自分が泣いているのかと思うほどに、ようやくかけた声は震えていた。

「倉知？　倉知……」

倉知は眠っているようだった。

青白く見える顔は、規則正しい呼吸をしている。少し安堵しつつも、屈《かが》み込《こ》んで触れた腿《もも》の辺りにぬるりとした感触を覚えた。

生暖かく感じられる白濁《はくだく》が指を伝う。

はっとなった上木原は手を自身の制服の腰で拭《ぬぐ》い、床上の衣服を拾い集め始める。気ばかりが急《せ》いた。

元の姿に戻せばなかったものに――――なんて、そんな風に過去を変えてしまうことなどできるはずもないのに。

身につけさせようと片足を抱こうとした瞬間、男の頬に落ちた長い睫毛《まつげ》の影が細かく震えた。

伯父は言い訳の多い人間だった。

よく倉知にも言い訳を聞かせた。

『彼女が僕を見てくれていたら、こんなことにはならなかったんだ』

倉知に触れながらそう言った。

『君を彼女が身ごもってると知ったときのおじさんの気持ち、判らないだろう？』

母のせいだと、父のせいだと、たくさんの言い訳を並べた。

『幸生《ゆきお》なんてなにも持たない。あいつは落ちこぼれだった。弟より僕のほうが経済力もあるし幸せにできるって言ったら、君のお母さん、なんて言ったと思う？　幸生は枕元で絵本を読んでくれたって言うんだよ。絵本だよ、絵本！　そんなものなんの役に立つって言うんだ。僕は病気が治せるのに、お金を持ってるのに、人が羨《うらや》むようなものをなんでも持ってるのに』

倉知は哀しくなった。誰が哀しいのか、なにが哀しいのか、よく判らなかったけれどすべてが苦しくて哀しかった。

『みんなおじさんを羨むくせに、みんなおじさんを愛さない。ねぇ君もそうなんだろう？』


倉知は目を開いた。

目が覚めると覚えのない場所にいる。なんて、何度も経験するうちに倉知は大きな驚きを感じないようになっていたけれど、幾度繰り返しても楽しいものではない。

暗い場所だ。見覚えのあるような、ないような簡素な天井。明かりの落ちた蛍光灯のシルエットが、ぼうっと窓からの月明かりに浮かび上がる。

いや、月ではなく外灯の明かりか。

背中が冷たい。

背中だけでなく、両手足も、腰も。

どこか冷たくて固い場所に自分は寝そべっているらしい。首が痛んだ。壁に凭《もた》れた頭は、目線を少し下げるだけで、自分の状態を確認することができる。

うわ。

覚えたのはそんなマヌケな感想だった。

裸の下半身に、乱れたシャツ。惨状《さんじょう》を目にした途端、腰の奥に不快感を覚えた。

「……喬？」

傍らに屈んでいる男にようやく気がつく。身じろぎ一つせずそこにいた上木原は、倉知がゆっくりと向けた目線にも硬直させた体を動かそうとはしなかった。

「なぁ、おまえがやったのか？」

倉知は眠たげな声でそう口にした。

言葉に、男は眼球が震えるほどに目を瞠《みは》らせる。

夢と現実。問いながらも、倉知はまだ曖昧な境を漂《ただよ》い、頭の中は混沌《こんとん》としていた。

目を覚まさなくては。意識すればするほど、体中に不快感ばかりが増した。

ズキズキとこめかみが脈打っている。頭が痛い。変な姿勢で長時間眠っていたせいだ。

いつから眠ってしまったのか。入り口を探るうち、廊下で誰かに腕を摑まれたのを思い出す。

あの手。ここにいるのが上木原なら、あれもそうだったのか。いや、あれは伯父だった。伯父が自分に話しかけてきて——

そんなはずはない。

あの人は、もう。

「……言ったろ、欲求不満なんだって」

まるで影のように、言葉もなくただその場所に存在していた男が声を発した。

低く擦《かす》れたその声は聞き取り辛《づら》く、倉知は首を捻る。

「……え？」

「だからさ、やり過ぎたみたいなんだって。悪い悪い、ちょっと調子に乗り過ぎちゃったって感じ？」

次第に明瞭になっていく上木原の声に、取り戻されていく現実感。頭から悪夢の残影を排除すればするほど、受け入れざる目の前の現実が明らかになる。

倉知は床についた両手に力を籠《こ》めた。ずるりとずり上げた重たい体の節々《ふしぶし》に、疼痛《とうつう》のような痛みが走る。

「喬……おまえ、自分がなに言ってるか判ってんのか？」

「判ってるよ。欲望に任せて寝てるおまえを襲って、ついうっかり勢いで犯しちゃいましたって話」

壁に寄りかかって座った倉知が手を伸ばせば、上木原は挑発でもするみたいに自ら身を寄せてくる。すぐ目の前にある顔。触れたと同時に摑んだシャツの胸元は温かい。

これは現実なのか。

「ふ…ざけんな」

「こんなことして、おふざけじゃなかったらもっと怖いと思うけど？」

胸倉《むなぐら》を捻り上げれば上げるほど、滑《なめ》らかになる口舌《こうぜつ》で上木原は倉知の神経を逆撫《さかな》でる。

「そう怒るなよ……って、怒るに決まってるか。許せよ、しょうがないだろ。年頃なんだもん、ムラムラ……」

タイごとシャツを摑んだ手が震えた。振り上げた拳《こぶし》は男の頰を強襲《きょうしゅう》し、上木原は飛ばされる勢いで床に尻餅《しりもち》をついた。

「………いってぇな」

窓明かりの下の上木原は、頰を押さえて呻《うめ》いた。

「はは、いいパンチ。結構元気じゃん。心配して損しちゃったかしら、俺」

殴《なぐ》られてもなお、浮ついた口調を変えることなく俯《うつむ》き加減に笑う男を、倉知は驚愕《きょうがく》の眼差しで見る。

怒りに体が震えた。

熱が身を突き上げる。

「ふざけんじゃねぇ！　なに言ってんだ、おまえ⁉　さっきからなに言って、本気でそんらっ……！」

膝《ひざ》ががくりとなった。

立ち上がろうとして、そのまま尻餅ついてへたり込む。舌を縺《もつ》れさせた口に倉知は焦《あせ》って手をやろうとして、それさえもうまくいかなかった。

こんなときにと思いつつも、激昂《げっこう》すれば発作が起こるのは不思議でもなんでもない。

糸でも切れた人形のように、その場にだらりと座った自分を、上木原が見ている。

「……倉知」

急に落ちた男の声のトーンすら腹立たしい。

「は……わら…え、よ」

「え……」

「みっ…ともら……いおれを、わらえば？」

ゆっくり喋ろうとしても、舌が思うように回らない。

「……くそ。おれはまん…ろくに、おこることさえれき……くそっ！」

こんな状況でも、満足に怒ることさえできないのか。

――くそったれ。

戻れ、さっさと戻れ！　動けよ!!

叱咤して自分の体を打ちたくとも、その手が脱力《だつりょく》して上がらない。舌打ち一つ自由にできない。

身に受ける視線が、ひどく屈辱的だった。

そんな可哀想なものを見るような目で俺を見るな。俺は哀れなんかじゃない。俺は人より劣《おと》ってもいないし、傷ついてもいない。

「……触るな」

肩先に触れようとした男の手に身じろぐ。その瞬間、前触れもなく抜けた力が、また唐突に返ってくる感じがした。

深呼吸を繰り返す。力と共に、静かに凪《な》いだ水面のような自分が戻ってくるのをイメージする。平らな湖面だ。海のように天候ごときで荒れ狂うことはない。

「倉知……」

「帰る。どけよ、おまえの手は借りない」

立てる。

倉知はゆっくりと立ち上がった。

上木原が片腕に引っかけたままの衣服に気がつき、奪い取ろうと身を屈める。その瞬間、ぞろりと生暖かいものが腰の辺りから腿を這い下りた。

鳥肌立つほどの不快感。

けれど、顔を顰めながらも倉知はなにか違えているのを感じた。

——これは現実なのか。


家までは一人で帰った。

学校で別れ、電車にも乗る気になれず、大通りでタクシーを捕まえた倉知は上木原がその後どうしたか知らない。身支度を整えて資料室を出て行くまでの間、男はその場に放心したように座っていた。

最悪の気分だった。こんな災難に遭って平然としていられる者なんて、世界中を探したっていないだろう。

けれど、最悪に順位をつけるとするなら、自分はまだ冷静なほうなのだろうと、倉知はタクシーに乗っている間に考えた。そんなこと、考える時点で随分冷静に違いない。

落ち着いていられる自分に、安心と腹立たしさを行ったり来たりする。

体は重い。泥人形にでもなったみたいに動きは鈍く、関節のあちこちがぎしぎししている。

けれど、タクシーを降りて一歩歩くごとに、倉知は資料室で抱いた疑惑が確信に変わっていくのを感じていた。

マンションの五階に上がり、玄関ドアを開ける。部屋の中は暗く、優一《ゆういち》はまだ帰宅していなかった。優一にしては遅いほうだが、部活動生になにかあれば遅くなることもあるし、教員同士の付き合いもある。松谷《まつや》と会っているのかもしれない。

いずれにしろ、ホッとする。誰とも顔を合わせたくはない。

ぐったりした気分で靴を脱ぐうち、傍《そば》の傘立てを引っかけた。倒れる傘を慌てて摑もうとして、今度はシューズボックスの上に並んだ置物を薙《な》ぎ払《はら》ってしまった。

男所帯《じょたい》にしては珍しい、可愛らしい蛙《かえる》やら猫やらの風水《ふうすい》グッズ。

「……踏んだり蹴ったりだな」

落としたなんて知られたら、優一がどんな反応を見せるか判らない。

慌ててしゃがむ。拾い上げながら感じたのは、資料室からずっと覚えている体の違和感だった。

「やっぱり、おかしいだろ……」

いくら寝ている間で抵抗もしなかったとはいえ、レイプされたのであれば痛みの一つも感じるはずだろう。

関節以外に痛みはない。

話と合わない。

自分はなにもされていないのではないか。疑念は時間の経過と共に膨《ふく》らんでいく。少なくとも上木原が言ったような暴行はなかったとしか思えない。

だったら、何故《なぜ》。

——どうして、あいつはあんな風に言ったりするんだ。

「昨日のことで話がある」

倉知《くらち》が上木原《かみきはら》を呼び止めたのは、翌日の昼休みだった。

チャイムは鳴ったばかり。隣校舎の食堂を目指して渡り廊下をぞろぞろと歩く生徒たちの中で、男は足を止め、鈍《にぶ》い動きでこちらを振り返った。

「昨日のことって？」

ぼんやりとした眼差しで言う。

惚《とぼ》けてでもいるのか。普段から眠たげに始終欠伸《しじゅうあくび》をしていることもある男は、表情に覇気《はき》がなく顔色が悪い。

渡り廊下を離れ、中庭の水飲み場のところで話をした。

上木原は自分からはなにも切り出そうとはしない。

「説明できるだろう？　あんなことされたんだ、どんな成り行きかぐらい俺には知る権利がある。おまえがそれすらできないってんなら、警察駆け込んだっていいんだ。調べてもらえばいろいろと判《わか》ることもあるだろう」

人の話をちゃんと聞いているのか。男はコンクリートの水飲み場に凭《もた》れ、まだ人の途切れない渡り廊下のほうを見ている。

業《ごう》を煮やして急《せ》かしかけた頃、ようやく話し始めた。

「教室に戻るおまえを見かけたんだよ。おまえは……なにか探してるみたいだったな。忘れ物でもしたのかと思って、廊下から様子を窺《うかが》ってたんだけど……」

予想外に合っている。あの場にいなければ、確かに判らないことに思えた。

「それで、おまえが寝ちゃって……いつもどおり介抱《かいほう》してやろうと思ったんだけど、気が変わったっていうか、途中でムラっと……」

「俺はどこで寝てたんだ？」

「教室……いや、廊下……どっかその辺。忘れちゃった」

曖昧《あいまい》に返事は濁《にご》される。

「俺に声はかけなかったのか？」

「だって、絶交言い渡されてるっぽかったし？　あれ、もしかして違った？　どっちみち、もう絶交だから同じことだろうけど……」

「そんな話はいいから、状況説明を続けろよ。それで、どうやって俺をヤったって？」

話を脱線させようとする男を引き止めた。上木原は渋々といった表情で、話を続ける。

「どうって……服脱がせて、触って……ぶっ込んでって感じ？」

「ふうん、つまり、中出ししたって言うんだな」

「おまえって……時々、思い切ったこと言うな」

顔色一つ変えない倉知に、初めてその顔がこちらを向いた。

「なに、さっきからそんなこと確認してどうしようっての。もしかして子供できたら認知でもしろっての？」

「それもいいな、おまえの子供ならな。おまえ、本当はやってないんじゃないのか？　俺の目を見るときは、くだらない冗談言うときだけだな。なにを怖がってるんだ？」

いくつかの部分は合っている。けれど肝心《かんじん》の部分が違う。

倉知はもう確信していた。できなかったのかそうしなかったのか、自分は最後までヤられることはなく、素股《すまた》だかなんだか知らないが半端《はんぱ》な方法で精液をなすりつけられただけだ。

それを当人が知らないわけはない。

誰かを庇《かば》っているのか？　上木原が庇う必要のある相手など思い浮かばない。

「そっちこそ、なにを怖がってんの。親友に掘られたって現実、認めたくない？」

ふらっと背中を起こしたかと思うと、上木原は元の渡り廊下に向けて歩き出した。

「喬《たかし》！」

「しつこいな、俺じゃなかったほうがよかったとでも言いたいのか？」

「待てよ、まだ……」

「まぁ、オメデタはっきりしたら声かけてよ。一緒にラマーズ法の練習でもなんでもやってやる」

ははっと男は乾いた笑いを響かせた。ひらと手を振って歩き去っていく男を、倉知はその場に立ち尽くしたまま見送る。

さっぱり判らなかった。自分の判断は間違っているのか。

——おまえであればいいのに。

そんな風に、希望的観測を働かせているだけだとでもいうのか。

上木原は天井を見ていた。

ゆらゆらと水面《みなも》のように揺れている。

重い目蓋《まぶた》を落とせば、水面は遠ざかり、深い眠りの底へと沈んで行ける——そんな感じがした。

目を閉じる。意識が眠りに吸い込まれそうになった瞬間、耳元で響いた声がそれを阻《はば》んだ。

「喬、学校はぁ、明日も行かないつもりなの〜？　この、不良少年」

甘ったるい女の声。さっきまで一緒に酒を飲んでいた女の声だった。

今朝、ふと学校に行くのをやめて、転がり込んだキャバクラ嬢《じょう》のマンション。だらだらと時間は流れて、もう夜九時を過ぎていた。

今日はお店は休みという彼女は、胸元の大きく開いたカットソーの部屋着姿で、ベッドに転がる上木原を傍《かたわ》らから覗き込んでいる。

「いいの？　学校は行かなくて？」

緩《ゆる》み放題でだらりと胸元に下がった制服のタイを、女は指で弄《もてあそ》びながら繰り返した。

「学校には怖い人がいるんだ。俺を捕まえて、嘘つきだって罵《ののし》ろうとする」

「なにそれ、おっかない先生でもいるの〜？　ふふ、学校なんて久しぶりに口にする単語だわ」

揺らされた臙脂《えんじ》のタイが、目の前でひらひらと躍《おど》った。上木原は枕に頭を預けたまま。酔いのせいで熱っぽい体はひどくだるかった。

酔い潰れるほど飲んだつもりはないのに、やけに目が回る。いっそ眠ることができればと思っても、一度妨《さまた》げられた眠りは再びやってきそうもない。

「ね、こないだママに、『今度は随分《ずいぶん》若いコ引っかけたわね〜』なんて言われちゃった」

「ママ？」

「ほら、だいぶ前に食事したときに駅ですれ違ったじゃない？」

「ああ……」

と相槌《あいづち》打ったものの、まるで判らなかった。

そんなことがあったような気もするし、なかった気もする。当然『ママ』とやらの顔は覚えていないし、実のところ彼女と食事をした記憶から曖昧《あいまい》だ。

「あたしだって、年下と付き合いたいわけじゃないのよ。お店の売上にも繋《つな》がらないし？　でもほら、恋愛って理屈じゃ通らないところがあるのよね」

ベッドの片側が軽く沈んだ。膝をついて上った彼女は、上木原の腰の辺りを跨《また》ぐように圧《の》しかかってくる。

胸元にかけられた体重に、上木原は少し苦しげな表情を浮かべた。

「うん、まぁ…そうかもね」

「でしょ〜。よく魔性の女だって言われるの。オジサンたちには小悪魔？」

頬を包む両手は冷たく感じられた。きついローズ系の香りが、ベールのように注《そそ》がれる。首でも絞《し》められそうな匂いに思わず息を詰めたけれど、幾度か浅い呼吸を繰り返すうちに馴染《なじ》んでくる。

休日でもかかさない濃いアイメイクのせいか、女の目は自分と同じく充血して濁《にご》って見えた。

「ユカさんとは通じ合えそう」

ぼんやり呟いた言葉に、女はふふっと笑う。

キラキラしたスワロフスキーやらで輝くネイルの指が、頬から喉元《のどもと》へと這い降りる。確認を求められることもなく、するりと解《ほど》かれたタイは、ベッドの下に放りやられた。

胸元から腰へ。シャツのボタンを外し、制服の灰色ズボンを寛《くつろ》げ——女の手は、場所を移るごとに大胆になっていく。

技巧的な愛撫《あいぶ》だった。酩酊感《めいていかん》と快楽と。溺《おぼ》れるのは簡単だ。上木原は軽く目蓋《まぶた》を落として、与えられる悦楽を享受《きょうじゅ》しようとする。

けれど、不意に彼女が困惑した声を上げた。

「……喬、どうしちゃったの？」

言われて初めて、自分が不感症みたく無反応でいるのに気がついた。片肘《かたひじ》ついて身を起こした上木原は、情けない自身を確認しようとする。

「あれ……変だな、元気ないや……勃《た》たなくなっちゃったかも」

「ちょっと、やめてよ。大丈夫？　やだ、飲み過ぎたんじゃない？」

女は胸元を叩き、くすくすと笑った。

上木原は笑えずに、ぽつりと零《こぼ》した。

「……罰《ばち》が当たったのかも」

「バチって？」

「俺さ、こないだ好きな子をレイプしちゃったみたいなんだ」

哀れな自分の体を見るに、お似合いだなぁなんて自嘲的《じちょうてき》に思う。

元どおりにふらりとベッドに体を沈めながら吐き出した言葉に、女は目を見開かせる。

「……え？」

「俺、嫌われたみたい。当たり前か。ねぇ、すごい大事にしてる子だったのに、なんでそんなことしたんだろ」


十分後、上木原は夜の通りを一人で歩いていた。

女のマンションは繁華街《はんかがい》にあった。賑《にぎ》わう夜の通りから、ほんの僅《わず》かに細い脇道《わきみち》に入ったところだ。勤める店もすぐ近くにあるらしいが、店には行ったことがないので知らないし、マンションにも二度と行くことはないだろう。

上木原は頰を押さえる。

平手打ちなんてされたのは初めてだ。

「ママにもぶたれたことないのに……」

自虐的《じぎゃくてき》に呟きかけ、すでに別の人間に殴られていたのを思い出す。

平手どころか、倉知に拳《こぶし》で殴られたのはつい三日前だ。

表の通りは明るく、まだ多くの人が闊歩《かっぽ》していた。

駅前に近づくに連れ、人も車も増える。

上木原はふと足を止めた。自分はどこに行こうとしているのだろう。なんとなく駅のほうへ流されていたが、目的地が定まっているわけではない。

まだ酔いが残っているせいで、真っ直《まっす》ぐに立っているのも覚束《おぼつか》なかった。上木原は進むのを止め、すぐ傍《そば》のビルの降りたシャッターに背中を預けた。

自然と溜め息が零れる。

「……さて、俺はどうして追い出されちゃったんでしょう。A、レイプ魔だから。B、インポだから。正解は今週のビックリドッキリ……」

街のきらめきが、どれもこれも眩《まぶ》しい。街灯の明かりも、人の顔も。上木原のボヤキなど構うことなく、笑い声を上げながら今も複数の人間が通り過ぎていった。

すぐ手前を多くの人間が行ったり来たりしているのに、いくら目に映しても映画のスクリーンの中のように実在感がない。

最後に眠ったのはいつだったか。

これは本当に現実なのか、夢ではないのか。

頬のヒリつく痛みだけが、鈍《にぶ》く現実を訴《うった》えてくる。

「……はぁ、なにも殴ることないのに。自分の爪《つめ》見てからやれっての。なにアレ、デコネイル？　デコ電、デコメ、デコ……なんでも綺麗に盛《も》ってりゃいいってもんじゃねぇっての」

そう言いながらも、閉じた目蓋の裏に上木原が思い浮かべたのは、なにか美しく輝くものだった。

ホームに吹き抜ける優しい風。木々の上で弾《はず》む小鳥。屋上には、天空の星。

集めたいのは、誰しも綺麗なものだけだ。どうせ過去なんて変えられないものなら、醜《みにく》い記憶なんていらない。


強い風が吹き抜けていた。

その場にしがみつくものをすべて吹き飛ばそうとでもいうような風に、屋上のプレハブ小屋はさっきからずっと身を震わせている。

主《あるじ》のいない暗い部屋の真ん中に、倉知は立っていた。テーブルの上から取り上げたブルーの箋紙《せんし》を見つめたまま、眉をきつく寄せる。

「俺には勝手に家に入るなとかって言っといて、自分は不法侵入？」

声にはっとなって振り返ると、戸口に長身の男が立っていた。風下の扉は、まるで風などそよとも吹いていないかのように動かずに開いたままだ。

「こんな時間に家抜け出して、叱られちゃうよ、優等生くん」

上木原がスイッチを探れば、部屋はぱあっと眩しい光に満ちる。倉知は目を瞬《しばた》かせながら、思わず手にした紙を後ろ手に回した。

「何回来ても返事がないから居留守かと思ったんだ。ドアに鍵かかってなかったし。おまえこそ、今までどこに行って……その顔、どうしたんだ？　血が滲《にじ》んでるぞ？」

鞄《かばん》をベッドに無造作に投げ出す男の横顔に、驚いて目を留める。

「いいだろ、べつに」

近づいてよく見ようとして、漂《ただよ》ってくる微《かす》かな匂いに気がついた。

「……おまえ、酔っ払ってんのか？」

「未成年の飲酒は法律で禁じられてます。とか、そういう話？　やめてよ、説教聞く気分じゃないんだ」

倉知のほうを見ようともせず、上木原は寝具《しんぐ》の乱れたままのベッドに突《つ》っ伏《ぷ》すように転がる。

「まだなにも言ってない。ていうか、そういう問題じゃないだろ、制服だぞ？　おまえ、なに考えてんだ」

「外で飲んだわけじゃないよ。人んち」

人といっても、性別は間違いなく女だろう。

学校に来ないでどんな時間を過ごしていたかは、この様と日頃の態度から想像がつく。

胸苦《むなぐる》しい感じがした。

それは、上木原の傍《そば》で時折感じていた感覚とはまた違う。胸の中が黒いものでぎゅうぎゅうに満たされていく、ひどく嫌な苦しさだ。

黒いものは歪《いびつ》な形でもしているのか、刺すような痛みも走る。

「喬、これはなんだ？」

ベッドの傍《かたわ》らに立った倉知は、背を向けて寝そべっている男の前に紙切れを差し出した。眼前に垂《た》らされたブルーの箋紙に、上木原は眠たげな声で応《こた》える。

「家捜《やさが》しなんて品がないな」

「たまたま目に留まったんだ。なんだ、これは？」

「熱烈なラブレターかな」

こちらを向こうともしない。くぐもる声で適当な返事をする背中を、倉知は真っ直ぐに見据《みす》え続ける。

「おまえ、なにを隠してる？」

「なにも隠してないよ。そんな誰が送ってきたかも判らないようなもの、おまえにいちいち相談しなきゃおかしい？」

「関係あるんじゃないのか？　俺のことと。もしかして、この脅迫状の奴が……」

動く気配のなかった体が、不意に反転してこちらを向いた。乱れた髪の間から覗《のぞ》く眸《ひとみ》が、鋭《するど》い眼差しで自分を見上げてくる。

「あれは俺だって言ってるだろう。俺じゃなかったら、誰だってんだよ？」

「それは……まだ判らない。髪を切った奴かもしれないし、そうじゃないかもしれない。とにかく、おまえじゃない誰かが……」

不意に伸ばされた腕。傍に突っ立った倉知の手首を、上木原はまるでそれ以上言わせまいとするように勢いよく摑んだ。

「俺でいるのは嫌なのか？」

強い声だった。摑まれた手が熱い。

「喬……」

「そんなに信じないなら、もう一度ヤってみる？」

ぐらりと体が傾《かし》いだ。乱暴に引っ張られるままバランスを失い、前のめりになりながらも、倉知の中に驚きはほとんどなかった。

予期していたのかもしれない。広いが安っぽいベッドは大きく揺れた。一瞬、男の上に抱き込まれた体は、次の瞬間には転がされ、よれたシーツの上に両手を押さえ込まれる。

覆《おお》い被《かぶ》さる男の影が落ちてきた。

されるがまま、ろくに拒《こば》もうともせずにただ見上げる自分に上木原は問う。

「なんで抵抗しないの？」

「確かめるんだろう？　こんなんではっきりするなら、てっとり早い」

言い草に苦笑が返ってきた。

「そんな理由でヤらせてもらっても、嬉しくも楽しくもないね」

「だったら、なんであの夜は寝てる俺を襲ったんだ。寝込みなんて、一番つまらないだろう？」

苦い笑いを浮かべた男の表情は、そのまま強張《こわば》る。

「倉知、おまえさ……なんで、そんなに平気な顔してんの？」

「平気なわけないだろ、真実が知りたいだけだ」

「……真実？　だから、俺がヤったって言ってるじゃん……こうやってさ」

シャツに両手をかけられたと同時に、ボタンのいくつかが弾け飛んでいた。裂《さ》くように開かれた部屋着のシャツの下から、白い肌が露《あら》わになる。

力任せで案外簡単に外れるものなんだな……なんて、どうでもいい感想しか思い浮かばなかった。

恐怖感はない。男らしいとは言《い》い難《がた》い自分の体を倉知は好きではなかったし、見られたくもなかったけれど、襲われる恐怖も嫌悪感《けんおかん》も上木原には感じない。

「お望みなら、こないだみたいにしてやるさ。こうして脱がせて、恥ずかしいカッコさせて、寝てるおまえの体を…可愛がって……それ、から……」

言葉を口にすればするほど、その表情が苦しげに変わって見えるのを、気のせいだというのか。

「……それから、なんだよ？　言えよ。どうしたかぐらい、覚えてるんだろ？」

「はは……一度やるも二度やるも同じってか」

吐き捨てるように言ったかと思うと、倉知は抱《だ》き潰《つぶ》されていた。まるで顔を見たくないとでも言いたげに体を捻《ひね》られ、背後から抱き締められる。

「た、喬……」

乱れる呼吸を感じた。

上木原のつく早い息が、耳元を掠《かす》める。

縋《すが》りつくみたいな力に、自分の顔を見たくないのではなく、上木原は自分に見られたくないのだと思った。

心臓の音まで響いてきそうな距離。動くこともなく、しばらくの間じっとしていた。どのくらいの時間が過ぎただろう。まるで判らない。

長いようにも短いようにも感じる。

「……倉知」

「喬……？」

続けて、ただ名を呼ばれた。

「倉知……」

首筋に触れたものに少し驚いたけれど、受け止める。柔らかな感触。押し当てられた唇のあわいから、上木原の熱が吐息となって零れる。

熱い体だった。唇も、背中で覚える体も、回された腕も。掠めた微かな息さえも。

アルコールのせいだろうか。倉知自身は酒を飲んだ経験がないので、よく判らない。

意識すればするほど、熱く感じられる。胸元から腹にかけて強く絡みついていた腕が、じわりと緩んだ。

自分を探り始める手のひら。ぴったりと重ね合わさった体が、ゆったりと動く。

衣服を隔《へだ》てていても、ひどく淫靡《いんび》な触れ合いだった。

揺らぐ体。押しつけられた腰の動きが意味する行為ぐらい、判っている。

擦《こす》れ合《あ》ったところから、自分の体までもが熱を帯《お》びていく感じがした。

「……っ……」

するりと這い降りた上木原の左手が、倉知のそれに触れる。生々しい感触だった。探られて初めて、倉知は自身が形を変え始めていることに気がついた。

触れられるほどに、熱は寄り集まっていく。ぶるっと身を震わせた拍子《ひょうし》に、手のひらに押しつけるような腰の動きをしてしまい、焦《あせ》った。

「……ぁ…っ……」

上擦《うわず》るみたいに零れる吐息。上木原は応えるかのように、何度も首筋に唇を押し当ててきた。その手のひらは、ひどく優しい手つきで倉知自身を愛撫する。膨《ふく》らみを包んで撫でさすり、薄いズボン越しに時折握り込んでは、倉知を高いところへと押し上げる。

開いた目蓋が震えた。自分の目がどこを映しているのか判らない。倉知はいつの間にか、上木原が与える感覚だけを追っていた。

「……たかっ…し……」

直《じか》に肌が触れ合っているところなど、どこにもないのに、もう交じり合って抱かれているような錯覚《さっかく》に陥《おちい》る。

「……いつもこうしてたよ」

男の声は低く、けれど柔らかに耳元で響いた。

優しい声だ。

「何度も、何度も、こうしたいと思ってたよ。だから、そうしたんだ」

判っているのだろうか。こんな愛撫をする人間が、たとえ未遂でもあんな暴力を実行するはずがないと。

ゆっくりと官能が積み上がっていく。

けれど、薄いカードのピラミッドのようにそれはあまりに脆《もろ》い。

「……喬……、それってどういう……」

問いかけた瞬間、一気にぺしゃりとすべてが崩れ落ちたかのように、均衡《きんこう》は失われた。

上木原はすっと息を吐いた。

取ってつけたみたいに乾いた笑い声を零し始める。

「……なに、気ィ許しちゃいそうになってんの？」

「喬、おまえ……」

「ふうん、不感症じゃなかったんだ？　優等生が男に弄《いじ》られて勃起とか、笑える」

息を呑むほどに、男は下卑《げび》た言葉を並べた。

「声は？　もっとちゃんと、アンアン言って聞かせてよ。でなきゃ俺、勃つものも勃たねぇよ」

胸の内を引っ掻き回された気分だ。カッと熱いものが込み上げそうになるのを、深呼吸を繰り返してやり過ごす。

腹立たしさは言葉のせいではなく、そんなふうにすぐに虚勢《きょせい》を張ろうとする上木原へのもどかしさだった。

「……黙ってやれよカス。おまえはどうしてそう、俺を怒らせたがるんだ？　最後までできもしないくせに、口先だけ……」

首を捻って背後を窺《うかが》おうとして、背中を押された。強い力に、ベッドの端まで転げそうになる。

倉知は身を起こし、同じく起き上がろうとしている男の顔を見た。

「……面倒臭いんだよ。さっさと俺を殴れよ。ごちゃごちゃ言ってないで、またあの夜みたいにやればいいだろう？　俺だって悪いことしたって思ってるから、ボコボコにされても文句は言わねぇよ」

苛々《いらいら》と頭を掻き回しているその横顔に、胸の内の不快なものだけが、倉知の中に堆積《たいせき》していく。

「なに？　それとも、倉知はそうやってネチネチやるのがお好み？　いいよ、それならそれでも……」

聞いていられない。

「おまえには本気で失望した」

倉知の声に、男ははっとなったように顔を向ける。

「俺は、やっぱり友達と思ってた。おまえを全部理解できていなくても……けど、おまえは本当に、どうあっても俺になに一つ打ち明けようとしないんだな」

ベッドから足を下ろし、立ち上がった。違和感を残した体のせいで少しもたついたものの、部屋の戸口へと向かう。無視して帰ろうとしても、まだ言い足りなかった。

振り返り、ベッドの上で呆然としている男に向かって告げる。

「俺は逃げないよ。忘れない。おまえがいくら誤魔化《ごまか》そうとしても、このままうやむやにする気はない」

「く、倉知……」

「おやすみ。じゃあな」

追ってくるつもりがあったのか知らないけれど、ぴしゃりとドアを閉じた。

なにも話す気がないのなら、これ以上顔を突き合わせていても仕方がない。

真実。自分はそれを明らかにしたいと言ったけれど、今欲しがっているのは思い描いていた『真実』とは恐らく違う。

誰がやったかなんて、自分にとって大きな問題ではないのかもしれない。誰でも同じことだ。

上木原以外であれば、きっと――

あの山に辿《たど》り着《つ》きたい。

あの山は、本当に行き着くことのできない山なのか。

そんなはずはない。自分は成長した。たとえ歩いて辿り着くことができなくても。電車でもバスでも車でも。それがどんなずるい手段であろうと、今ならきっとあの山へ行ってみせる。

屋上を歩き出した途端、風が体を打った。

強風に煽《あお》られ、ボタンの外れたシャツがマントのようにはためく。掻《か》き合《あ》わせてボタンを留めながら、慌てて歩き出した倉知は、階段口の手前でずるりと足を滑《すべ》らせた。

「わっ……」

段差もない場所だ。

訝《いぶか》しんでコンクリートの床を探る。

「……なんだこれ……石？　いや、違うな」

いくつか拾ってみた。階段を下りる途中、踊り場の明かりの元で確かめてみれば、それはどうやら米粒《こめつぶ》のようだった。

ただの米ではない。一粒ずつご丁寧《ていねい》に黄色に着色《ちゃくしょく》されている。

「なんで米に色なんか……」

上木原がそんなマメなことを無意味にするとも思えない。米を黄色に塗《ぬ》る意味……考える倉知は、階段を再び下り始めようとして動きを止めた。

「……まさか」


五階まで、エレベーターを使わずに下りた。

急ぎ足になりながら、自宅へ辿り着く。部屋のパソコンで調べたいことがあった。

気が急《せ》いてしまい、玄関ドアの鍵を開けるのにもたついた。ガチャガチャやっていると、すぐ傍のホールからエレベーターのドアの開く音が聞こえた。

「……馨《かおる》くん」

背後からかけられた声にどきりとなる。ようやく扉を開けて中に入ろうとしていた倉知は、ぎこちない笑みを浮かべて振り返り、そこには学校で見かけたときと同じ姿の優一《ゆういち》が立っていた。

「優一さん……は、早かったね。今日は松谷《まつや》さんに飲みに誘われたって言ってたから、てっきり……」

優一は確認するように腕の時計を見る。

「早いかな？　もう十一時前だよ。馨くんこそ、どうしたのこんな時間に」

「え、あ……ジュースでも買いに行こうかなと思ったんだけど……やっぱ、面倒だからやめとこうかなって」

辻褄《つじつま》を合わせるのにも四苦八苦《しくはっく》する。手ぶらで飲み物など持たずに帰宅した倉知には、苦しい言い訳だったものの、優一はいつもと違い追及しようとはしてこなかった。

「そう。僕がなにかついでに買ってくればよかったね」

「いいよ、そんな。ちょっと甘いもの飲みたいかなって思っただけだから」

「ああ、じゃあ……甘いのならちょうどよかった。これ、お土産《みやげ》。松谷が店のケーキを君にって」

小さな白い箱の入った袋を、優一は差し出してくる。倉知は反射的に受け取りながら、男の顔を見た。

「え……なんか、いつも気を使ってもらって悪いな」

「あいつも自慢の腕を披露《ひろう》したいんだよ。そうだ……土曜の文化祭も、見に行きたいって言ってたな。やっぱり、君に会いたいのかな……」

いつの間にか、話をする優一の顔をじっと食い入るように見つめてしまっていた。

いつもとそう変わりない、従兄弟《いとこ》の顔。

「どうしたの、馨くん？」

「あ、いやなんでも。ケーキ、優一さんも食べる？」

不思議そうな反応をされ、慌てて踵《きびす》を返した。

こんなところで立ち話をするのもおかしな話で、揃《そろ》って家の中へと入る。靴を脱ぎながら、家の鍵と一緒にあの米粒はズボンポケットに入れた。

「僕はケーキはいいよ。おなかいっぱいだから」

そう言いながらも、優一は着替えようともせず、キッチンまで倉知についてきた。

ケーキの箱を開けてみようとしたところ、優一は手にした鞄からパンフレットのようなものを取り出す。

「なに、それ？」

「よかったら、どうかと思って。今日、松谷と会う前にちょっと時間があったから、店に行ってね。カタログをいくつかもらったんだ」

「……ベッド？」

渡されたのはどれもベッドのカタログだった。

「うん。眠りの質を上げるのも、病気の改善になると思うんだ」

「でも……こんな高いもの、買えないよ」

すべて高級ホテルが使用しているような外国製のベッドだった。普段使っているものとは桁《けた》が違う。高校生が使うには立派《りっぱ》過ぎる。

すぐにカタログを閉じようとした倉知に、優一は焦《あせ》ったように言った。

「僕が買ってあげるよ。このくらいの額ならどうってことない」

明るく放たれた言葉に、倉知は心臓が冷たくなるのを感じた。

硬くカタログを握り締める。震えそうになる手を堪《こら》え、その顔を見返した。

「どうして、急に？　優一さん……それにまだ、クリスマスでも誕生日でもないんだけど」


文化祭の土曜は、好天《こうてん》に恵まれた。

なんだかんだ言いつつ、準備に準備を重ね、やってきたお祭り騒ぎだ。部外者にも開放された校内は、他校の生徒や父兄も入り乱れて盛り上がっている。

午後になり、客の呼び込み当番も終えた倉知《くらち》は、昼食を適当にすませたばかりだった。

「それで、来てんだってあいつが！」

中庭を過《よ》ぎっていると、興奮気味に住田《すみだ》が声をかけてきた。

それでなくとも朝から落ち着きのない住田は、帰宅途中に何度も待ち伏せていた男が、堂々校内に潜《もぐ》り込《こ》んでいたと言って騒いでいる。

「目立つんだよ、あの坊ちゃん高校の制服。絶対、あいつだって！　C組がやってる露店《ろてん》でタコヤキ食ってた。俺、目合いそうになって慌てて隠れちゃったよ～。だって、ずっとおまえと一緒に帰ってたから、俺まで覚えられてないとも限らないだろ？　いくら空気顔でもさぁ。あー、怖い怖い！　あいつ本物だよ、本物のストーカー！」

「ふうん、そうかもな」

「なぁ、この機会に思い切って問い詰めてみる？　ふん縛《じば》って懲《こ》らしめたら、こないだのことも吐くんじゃね？」

「こないだって？」

相槌《あいづち》以上、まともな返事未満。右から左へ話を流して歩き続けていた倉知は、胡乱《うろん》な反応を寄越《よこ》して住田を立腹《りっぷく》させる。

「ちょっとぉ、しっかりしろよ！　倉知、おまえ髪切った犯人捕まえたくねぇの⁉」

「ああ……いや、そんなことは」

「な、なに？　どうしちゃったの、なんかこの数日ぼうっとして……もしかして、発作《ほっさ》か？　ね、寝るなよ、こんなとこで……」

慌てて背後に回り、背中を支える素振《そぶ》りを見せる男に苦笑する。

「大丈夫だ。悪い、せっかく話してくれてたのに……ちょっと考え事してしまって」

「なんだよ？　ホントに、大丈夫かよ？」

八方手詰《はっぽうてづ》まりというわけでもないのに、倉知はなにをどうすればいいか判《わか》らずにいた。

上木原《かみきはら》は学校に来ている。なにか思うところがあったのか、ふらふらせずに授業はきちんと受けているものの、休み時間の度《たび》にいなくなる。短い休み時間に、なにをしているのか。昨日は、隣のクラスの男と話をしているのを偶然見かけた。

——あいつは知っているのだろうか。

あのことを。

自分よりも先に気がついて——だとしたら、本当のことを打ち明けないでいる理由も判る気がする。

倉知はいつの間にかまた物思いに耽《ふけ》っていた。

「……げっ」

急に住田が小さな声を上げた。件《くだん》のストーカー男でも現れたのかと思いきや、渡り廊下の出入り口から姿を見せたのは宮木《みやぎ》だ。

確かにあまり出会いたい相手ではない。けれど、毎日教室で顔をつき合わせている男を今更避《さ》ける必要もないだろうと進めば、擦《す》れ違《ちが》い様《ざま》に宮木は吐き捨てた。

「このホモ野郎が」

低い声にびくりと肩を竦《すく》ませたのは、並びのせいで二人の間を歩く羽目《はめ》になった住田だ。

「え……み、宮木、なに言ってんの？」

「おまえじゃない、俺にだろう」

倉知は足を止めて振り返った。

「オバケ屋敷、評判みたいでよかったな」

暴言は無視して声をかけたのに、男はぎろりとした目を倉知に向けて立ち止まった。異様な格好《かっこう》をしている。制服でも私服でもない、血糊《ちのり》のべっとりとついた浴衣《ゆかた》姿。お祭り騒ぎの日とはいえ、事情を知らない中庭の通行人がぎょっとして見ている。

「オバケは休憩時間か？　ふうん、気合の入ったメイクだな。おまえがそこまで真剣にオバケ役をやるつもりとは思わなかっ……」

「メイクじゃねぇよ！」

宮木はぐいっと鼻の下を拭《ぬぐ》った。顔も血糊とばかり思っていたのに、さらりと拭い取られ、そしてまたじわりと溢《あふ》れてくるものはどうやら本物の血液らしい。

鼻血を浮かべている男に、倉知は驚く。

「あいつ、ぜってぇ頭おかしいだろ⁉」

「あいつ……？」

「上木原だよ！　いきなり殴《なぐ》るか、フツー⁉　やったとか、やらねぇとか、訳判んねぇ話しやがって。おまえと駅前で擦れ違ったからって、なんだってんだ」

怒り心頭《しんとう》、興奮冷めやらぬ様子で話す男は、憤懣《ふんまん》の捌《は》け口《ぐち》を見つけたとばかりに言《い》い募《つの》る。

「駅前って、なんの……いつの話だ？」

話が見えなかった。けれど、いくつかのキーワードで、倉知はすぐにあの夜のことを言っているのだと理解する。

「俺だってちゃんと覚えてねぇよ。先週の話だ。結構遅い時間に、おまえとバーガー屋の前で擦れ違ったろうが……一瞬顔合わせただけだってのに、あの野郎、裏は取れてるとかなんとかふざけたことぬかしやがって」

「裏？」

「目撃者だとよ。調べ回って、俺と話してたのを見たって奴がいたって、それで『おまえがやったのか？』とか言い出して……なにをだよ？」

宮木はなんのことか、まるで判っていない顔だ。ただただ苦《にが》み走《ばし》った表情で、なかなか収まろうとしない血を拭いながら、事の顛末《てんまつ》を話す。

「狂ってるよ、あの野郎は。俺は仲間とそのまま帰ったって言ってんのに、なかなか信じようとしやしねぇ」

突然聞かされた内容に、倉知はどう反応していいのか判らない。戸惑う顔に男は笑った。

「はっ、もっとなんかやらかすんじゃねぇの。こないだみたいに、俺以外の奴も問い詰めて回るつもりなのかねぇ」

「こないだ？」

「ふん、おまえの髪切った奴を探すって息巻いてたぜ。疑わしい奴はみんな犯人みたいな言い草でな」

「疑わしい奴って……」

「いっぱいいいんだろ。リストでもある素振りだったな。先公も入ってるっぽかったし……、あーあ、今度こそボコって退学かもな」

くくっと宮木は笑った。そうでもしなければ溜飲《りゅういん》が下がらないとばかりに一頻《ひとしき》り笑い飛ばし、そして唾《つば》でも吐きつけるように倉知に言い捨てる。

「おまえに手ぇ出したら殺すってよ。とんだホモダチだな。ケツでも貸してやってんのか、テメーはよ！」

なにも言い返すことができなかった。身を翻《ひるがえ》して歩き出した男の浴衣の背を見据《みす》え、倉知はただ懸命に考える。

教師も加わった、上木原の知る疑わしい者。もしかしてそれは、以前自分が話した恨《うら》みを買っているかもしれない連中のことか。

休み時間に教室にいないのは、目撃者探し……あの晩、そのうちの誰かと自分が接触していなかったか、調べて回っているらしい。

一つだけ腑《ふ》に落ちなかった。

「……なんで駅から戻ったのを、あいつが知ってるんだ」

ぽつりと呟けば、傍《かたわ》らで硬直しきっていた住田が恐る恐るといった具合で口を開く。

「く、倉知、い…今の話さ……」

「おまえ、なにか知ってるのか？」

「いや、知ってるとかじゃないんだけど……俺さ、頼まれてたんだよ」

「え？」

「今の、俺がノート貸した日のことだろ？　あの日、おまえと一緒に帰ってくれって、俺、あいつから頼まれてたんだよ。だからバイトも休んでたんだ」

初めて聞く話ばかりだ。

あのとき、上木原が住田にそんな話を持ちかけていただなんて、全然知らなかった。

「一緒にって……俺を駅まで見届けてやってくれとか、そういう意味か？」

「そうだよ。なのに、電車に乗った後、おまえから『ノートを取りに戻る』ってメールが来て……俺、すげぇ焦《あせ》ってあいつに電話で知らせたんだ」

「あいつは……学校にいたのか？」

「いや、たぶん家じゃないかな。なぁ、あの日……あの後、なにかあったのか？　ノートなんてどうでもよかったのに、もしかして取りに帰ったせいで……」

おどおどとした目で、住田はこちらを見上げてくる。人のいい男は、自分のせいではないかと責任を感じていた。

倉知は首を振った。

「なにもないよ。ただ……喬《たかし》が、ちょっと勘違いしてるだけだ。心配するな」

もしもあのことを知ってしまったら、自分以上に住田は打ちのめされるだろう。

「喬を探してくる」

安心させるよう笑みを浮かべ、倉知は校舎の中へ一人駆け込んだ。

「え、待っ……」

「おまえは教室に戻れ。これから、呼び込み当番だろう？」

――早く、止めなくては。

倉知は階段を上がり始めた。

上木原は、犯人を知らなかった。

どうして急に犯人探しをする気になったのか。自分が屋上の部屋で言った言葉のせいか。宮木の次に誰に目星をつけているのか判らないけれど、それは間違っている。

あれをやったのは――上木原じゃない、宮木でもない。まして、名も知らないストーカーなんかじゃない。

そうであれば、どんなにかよかったかしれないけれど、違うことをもう自分は知っている。

そして、屋上では上木原に逃げないと言ったのに、目を逸《そ》らしたくなっていた。

「喬……」

もしも、宮木の言っていたように、見当違いで教師を殴りでもしていたらと不安になる。

教室に向かったが、にわかオバケ屋敷と化したその場所に、上木原がいる気配はなかった。秩序《ちつじょ》はまるでなく、廊下も周囲の教室も生徒が入り乱れている。

宮木と話をしたのは、もっと人気《ひとけ》の少ない場所だろう。

今日、この校舎内で人があまり立ち寄らない場所は限られている。倉知は再び階段を目指した。最上階の四階なら、特別教室と空《あ》き部屋ばかりで恐らく人気《ひとけ》はない。

三階から四階へ。

階段を上り続けていると、背後から声をかけられた。

「馨《かおる》くん？」

倉知は踊り場で振り返る。

廊下から出てきた優一《ゆういち》がいつもの白衣姿で自分を見上げていた。

「どうしたの、そんなところで？　上にはなんにもないはずだよ」

不思議そうな顔を見せる男は、手にした包みのようなものを軽く掲《かか》げる。

「これ、さっき運動部の子たちからもらったんだよ。変わり種《だね》のタイ焼き。日頃世話になってる礼だってさ、案外《あんがい》可愛らしいところあるもんだね。馨くん、君も食べる？」

温和《おんわ》な笑みを浮かべる男はいつもと変わりなく見える。

「今ね、松谷《まつや》も来てるんだよ。君のとこのオバケ屋敷に一緒に入らないかなんて言ってたけど……」

変わったのは自分なのだろう。

笑みを見せる男に、倉知は表情を作ることもせずに言った。

「優一さん……ちょうどよかった、あなたにも話があったんだ」


人目については話にならないだろうと、優一をそのまま四階へ誘った。

思ったとおり人気《ひとけ》もなく、長い廊下の反対側の先まで見渡せる。探していた上木原の姿も見えず、倉知は階段を上ったすぐのところで優一と向き合った。

「見てほしいんだ、これを」

ポケットから取り出したハンカチを開いて見せる。

薄いブルーの布の上に並んだ黄色い粒《つぶ》。優一は焦り顔一つ見せない。けれど同時に、意味不明のものを見せられたというのに、不思議そうな表情も浮かべなかった。

「屋上の上木原の部屋の前にたくさん落ちてたんだ。優一さんが撒《ま》いたの？」

「……どうしてそう思うの？」

「ネットで調べたんだ。この黄色い米の意味。災《わざわ》いを遠ざけるまじないだった。災い……呪《のろ》わしい者をその場所から追い払うまじない……まじないなんて、そんな可愛らしいことを信じて実行する人、俺は優一さんしか知らない」

優一は否定しようとしない。

ばれても不思議はないと思っていたのか。静かな表情のまま、倉知の前に立っている。

「脅迫みたいな手紙をあいつに送ったのも……俺の髪を切ったのも、みんな優一さん？　なんのために？　あいつが目障《めざわ》りだった？　髪も、なんかのまじないにでも使うつもりだったとか？」

連《つら》なっていく。

なにかもが、一連の出来事が一人の手によるものだとしたらそれは――どこかで断ち切って欲しいのかもしれない。ただ黙って言葉を受け止める優一に、倉知は思わず自嘲《じちょうてき》的な笑いを零《こぼ》した。

「はは、俺は……最初から自分で答えを口にしてたのかな。髪なんか切っても、大した嫌がらせにもならない」

嫌がらせなら、坊主《ぼうず》にでもする。あのとき誰より容易《たやす》く実行できたのは保健医である優一なのに、その可能性を考えずまるで疑いもしなかった自分は愚《おろ》かだったのだろうか。

「髪を切ったのはまじないのためじゃないよ」

倉知の問いかけに、優一が初めて口を開いた。

「君を守る理由になればと思ったんだ。この学校は相応《ふさわ》しくない。彼の悪影響か、馨くんはちっとも僕の言葉に耳を貸さなくなってしまった」

「耳を貸さないだなんて……俺はただ、過保護過ぎると思ってただけで……祖母に頼まれて、あなたは責任感じてたのかもしれないけど……」

優一はふっと笑い、手元のもらったというタイ焼きの包みを叩いた。

「僕は責任なんて感じてないよ。運動部の面倒だって見るのが煩《わずら》わしいと思ってしまうぐらいの不良保健医だからね」

「だったら……」

「ただ、君が大事で、好きだからだよ」

言葉は聞こえているのに、まるで水面を弾《はず》む水切りの石のように、心に深く響いてこない。そんなはずはないと、無意識に拒《こば》む。

倉知はすでに導き出している答えを、受け入れられないでいた。いくらそれが、最も辻褄《つじつま》の合う結論であろうとも。

長い沈黙。重くなる口を開く。

「……先週の、夜の学校でのこと……優一さんは知ってる？」

あの晩、優一は遅くまで帰って来なかった。

深夜に顔を合わせた優一は言葉数少なく、思い返せば様子はおかしくもあったけれど、自分も平静とは言《い》い難《がた》い夜だった。

そして、あの高級ベッドのカタログ——

最近は思い出すことも少なくなっていた会話の記憶が頭を過《よ》ぎる。

『だって好きだって言ってただろう？』

そう言って伯父が購入《こうにゅう》してきたＤＶＤセット。もう忘れたはずの、あの日手にした箱の重み。

「優一さんが、やったの？」

まるで自分のほうが狭い場所へ追いやられていくようだ。

「そうだよ」

優一はただ静かに頷く。

「ど…うして？」

「だから、好きだからだよ。君が僕に靡《なび》こうとしなくても、僕を避けようとしても、ずっと君を好きだったからだよ」

淡々と喋《しゃべ》る優一の顔が、伯父と重なって見える。顔立ちも気質も、似つかないように思えていた二人の共通するもの。

「……嘘だ。あなたもあの人と同じだよ。俺を見ているわけじゃない。思い込みだ。俺の顔が母さんに似てるから、それでそんな風に思ってるだけだ」

「あの人？」

不思議そうな表情。優一の初めて見せた戸惑い顔に、伯父がしたことを本当に知らないのだと感じた。

「……あの人たちだよ。母さんを好きだった」

咄嗟《とっさ》に言い直していた。優一は合点《がてん》がいったように軽く頷く。

「確かに叔母さんも美しい人だけど、僕が好きなのは君だよ。恋なんだ」

「そんな気持ちが俺にあるなら、あんなことするわけがないだろう。あんな、酷《ひど》いこと！」

水面を弾んでいた石が、心の淵《ふち》へと落ちてくる。これは現実なのだと、ようやく受け止め始める。

そうだ、酷いことだ。だから、上木原はできなかった。いくら問い詰め、けしかけても、あいつは口先ばかりで真似《まね》ることなど——

「優一さん、俺は人形じゃない」

幼い頃から、可愛い子供だと言ってもらえた。褒《ほ》められるのは喜ぶべきことかもしれない。

けれど、次に皆口を揃《そろ》えて言った。

『お母さんにそっくりね』

自分の意思を無視して頭を撫《な》でる手が、気持ち悪かった。

「僕だって、眠ってる君をどうこうしたかったわけじゃない！　でも君は、どんどん僕から遠ざかっていくばっかりだったから……子供の頃はお兄ちゃん、お兄ちゃんって言って慕《した》ってくれたのに……あんな、あんな奴と……」

伸ばされた手を反射的に振り払った。

手にしていたハンカチと共に、落ちた黄色い粒がバラバラと足元に散らばっていく。

「……あの晩も、そうやって振り払おうとしたね。ただ助けようとしただけだったんだよ、最初は。助けたかっただけなのに君は……」

「違う、あれは夢を見て……！」

「君はもう、あいつと寝たの？」

倉知は瞠目《どうもく》した。

「しないよ、そんなこと」

「キスはしたんだろ、それで揉《も》めてたじゃないか」

「それは、あいつが勝手にしただけだ」

「勝手に？　僕と同じだね。どうしてあいつは許せて、僕のことは許せないと思うの？」

捕らわれる。振り払う余裕もなく今度はしっかりと手を摑まれ、変化していく優一の必死の形相《ぎょうそう》にたじろぐ。

「ゆ、優一さん……」

「後悔してるんだ。本当に、後悔してる。あんなこと勢いでしてしまって……ちゃんと、責任は取る。だから……」

「そんなの、責任なんかじゃない！　優一さんが後悔してるのは、俺の機嫌を損《そこ》ねてしまったとでも思っているからだろう⁉」

後悔をするくらいなら、あんなことはしない。

「放せ……」

弧《こ》を描いて解《ほど》こうとした手は動かなかった。あまり変わらぬように見えた背格好《せかっこう》の優一は強靭《きょうじん》な力でそれを拒む。男の手元のタイ焼きの袋だけが、階段に向かって鈍《にぶ》い音を立てて転げ落ちる。

見下ろした先に、踊り場まで上がってきた人影が見えた。

「……倉知？」

見上げた顔は探していた男のものだ。

「なにやってるんだ、そんなところで……声が聞こえ……優一さん？」

揉み合っているとしか思えない状況だった。

上木原の表情から、相手が優一であるのに混乱しているのが判る。

「た、喬……」

声に突き動かされ、男は急いで階段を上ってきた。反射的に手を伸ばそうとした倉知を、優一は胸元へと抱き込み拘束《こうそく》する。背後から回った腕は、蔓《つる》のように体を巻き込んだ。

「……もう遅いよ」

ぽつりとした声を零し、けれど次の瞬間には優一は小さく笑った。なにが遅いのか。それは上木原に言っているようであり、自分自身へと向いている感じもする。

まるで自身すら優一は笑い飛ばしていた。

「残念だね。馨くんが俺のものになってしまって」

「なに言って……」

一足飛《いっそくと》びに目の前まで迫《せま》りながらも、上木原は困惑した表情のままだった。

悪夢でも見たような顔。理解できるはずもない。

「なにって、あの話さ。馨くんを探しに来ただろう？　あのときの君の慌てぶりったらなかったね。電話の『先生』とやらにはちゃんと謝ったの？　ババアはないんじゃない？」

「え……」

倉知にはなにを話しているのか判らなかった。糸口さえ摑めない。けれど、見る間に眼下の男は表情を変えていく。

浮かんだ険《けわ》しさは、侵食《しんしょく》でもするかのように上木原を支配する。

「……せよ、倉知を放せ」

「放したって遅いよ。全部もう遅い。一度犯した罪が変わらないのと同じ、事実はどうやったってもう変わらない」

「優一さん！」

倉知はもがいた。逃《のが》れたいのではなく、止めなくてはと焦る。

「もっとなにか聞いておく？　僕は君に負けたくないなんて思ってしまったのかな。馨くんに触れたよ。キスもしたし、君が望んでも実行できずにいたこともね。おめでとう、せいぜいもたもたしていた自分を後悔するといいよ」

「優一さん、喬はそんなんじゃないって言って……」

「そんなんじゃない？　あれがそんな顔かな。本性出たね。猫被《かぶ》ってんじゃないよ、少年」

「……喬、構うな。こんなことで、暴力なんか奮《ふる》ったら……」

優一の襟首《えりくび》を掴もうとする上木原の手。それを遮《さえぎ》ろうと倉知は焦り、その腕に手を伸ばす。

上木原の、怒気《どき》に満たされた声が周囲に反響した。

「そいつを放せよ！　くそったれがっ、放しやがれっ‼」

押《お》し問答《もんどう》。どうしてこんなことになったのか。

力だけなら、誰よりも上木原が強かったはずだ。足元の悪い階段で優一に振り払われ、力任せに押された男は、大きく身を仰《の》け反《ぞ》らせた。

誰も声一つ上げなかった。

鈍く、重い音だけが響いた。

傍《そば》にいたはずの、掴んでいたはずの腕は倉知の手にはもうなく、その体は今階段の踊り場に静かに転がっている。

「……喬？」

そろりとかけた声に反応はない。強固に自分を放さなかった優一の腕がだらりと落ち、倉知は放たれたように上木原の元に駆け寄った。

「喬っ、おい喬っっ‼」

色の悪い顔。閉じられた目に、乱れた髪がかかっている。何度繰り返しても返事はない。目を覚ます気配すらない。

体を揺すりたくなるのを堪えるだけで精一杯だった。

「優一さん！」

倉知は助けを求めた。保健医である優一のほうを振り返る。仰《あお》ぎ見《み》た男は、ぼうっとこちらを見下ろすばかりで身じろぎ一つせず放心していた。

「優一さん！　どうすんだよっ！　くそっ、なにやってんだよ！　なにやってんだ、あんたっ……」

物理的にすぐ傍にいながら届かない。自分の声すら聞こえない場所へ、心を逃げ込ませている男を殴りつけたい衝動に駆られる。けれど、倉知はそうしなかった。怒りなど無意味だ。なにも救いはしない。

誰か。

倉知は走り出した。

誰か。階段を下りながら、真っ白になりたがる頭で考える。教師を呼んだところで大した助けにはならない。救急車だ、一刻も早く——そこまで考えたところで、携帯電話が手元にないのに気がついた。

教室……いや、教室をオバケ屋敷に変えるために荷物を預けている理科室だ。

心臓がどっどっと鳴る。もうずっと激しい鼓動を打ちっ放しだ。

静まれ、静まれ、静かになれ。平らな湖面《こめん》のイメージなど、まるで役には立たない。怒り、不安に焦り。様々な感情が渦《うず》を巻き、どれ一つとして薄れることなく高まっていく。

二階へ行き着こうとしたところで、誰もいなかった階段をぞろぞろと上がってくるグループがいた。

宮木だった。

どこかで着替えて来たらしい男は、いつもの制服を着ていた。役目を放棄《ほうき》したのか。さっぱりとした顔で、同様に制服姿の仲間三人と階段をこちらに向かってくる。

声をかける気などなかった。脇目《わきめ》も振らずに過ぎようとして、広げた両手で行く手を遮られる。

「待てよ、なに急いでんだ？　倉知くん、どうしたの〜？」

理由を聞くことではなく、遮ることに意義があるに違いない。

「そこ、どけ……」

押《お》し退《の》けようとして、男のだらしないズボンのポケットから下がっているストラップを倉知は目にした。趣味の悪いファーや金属のごてごてとしたストラップは、いつも宮木が動く度《たび》に耳障《みみざわ》りな音を立てる。

「み…宮木、携帯電話を貸してくれ」

躊躇《ためら》う余裕もなく言葉にしていた。

「はぁ？」

「救急車を呼ぶんだ。上木原が階段から落ちた」

「落ちたぁ？」

告げた理由に宮木は周囲の仲間と顔を見合わせ、ぷっと噴き出した。とってつけたように、肩どころか腹まで抱《かか》えてギャハハと笑う男の顔は腫《は》れていた。

「いい様《ざま》じゃねぇか。天罰《てんばつ》でも下《くだ》ったんだろうよ」

「意識がないんだ！」

「だからなんだってんだよ？　俺には関係ねぇよ、クソ野郎が」

冷めた眼差しの男の腰に手を伸ばす。携帯電話を奪《うば》い取《と》ろうとする倉知に宮木は目を剝《む》いて抵抗をした。

「宮木っ、いいからさっさと貸せ……貸せよっ、さっさと寄越《よこ》せっ!!」

「ふざけんなっ、カレシが暴行したかと思ったら、今度はカノジョが強盗かよ！　ああっ？」

「時間がないんだ。もうっ……」

ふつりとなにか糸が切れるのを感じた。緊張の糸だったのかもしれない。逸《はや》る気持ちとは裏腹に、体の機能が意思を裏切り停止した。

突然その場に崩《くず》れた倉知に、宮木たちは啞然《あぜん》としていた。

「なにやってんだ、おまえ？」

「おれのこ…ろはいい。たのむから、れ…んわ……」

「はぁ？　ちゃんと喋《しゃべ》れよ」

「ぴょうきの、せいら。ちか…らがはいら…ない」

男たちの笑い声は、天でも劈《つんざ》くかのように響いた。

「揃いも揃って、笑わかしてくれんな！　力が入んねぇってさ、マジかよ」

肩先をどんと突かれただけで、その場にへたり込んでいることさえ困難になる。どっと床に倒れた倉知を、また笑う。繰り返し、繰り返し。這いずる姿はさぞかし滑稽《こっけい》だろうと、自分だって思う。

「……みあぎ！」

突き回されるうちに、頭がぐらぐらしてきた。

目に映しているのは、天井か床か。笑っているのは、宮木なのか違う男なのか。

世界でも乗っかっているみたいに目蓋《まぶた》が重い。自分は眠るつもりでいるのか。発作《ほっさ》であるはずがないのに。

目を開けろ。

認めざることでも、目の前にあるものすべてが現実。目を閉ざすな、暗転させるな。俺は絶対に逃げたりなんかしない。

目を、開けろ。

「みあぎ、おねがい…だ……あいつを、たすけたいんだ」


プレハブ部屋のベッドに身を投げ出すように転がりながら、男は言った。

「せっかく久しぶりによく眠れてたのに、寄って集《たか》って起こしやがって」

人の気も知らずそんな軽口を叩く男に、倉知《くらち》は溜め息だか安堵《あんど》の息だか判《わか》らない小さな息を吐く。

もう表は暗くなっていた。文化祭は大騒ぎだった。さすがに中止になるほどには発展しなかったけれど、校内に救急車がやってきて生徒が運ばれたのだ。

結局、宮木《みやぎ》は携帯電話を貸してくれた。カタプレキシーの症状は僅《わず》かな時間で治まったが、なにが功《こう》を奏《そう》したのかは判らない。自分を嬲《なぶ》るのに飽《あ》きたか、あまりに無様《ぶざま》で同情心でも湧《わ》いたか、とにかく倉知はなりふり構っていられなかった。

上木原《かみきはら》が目を覚ましたのは病院についてからで、検査を受け終える頃にはもう文化祭も終わっており、直接家に戻ってきたというわけだった。

「まぁ……本当によかったよ、脳震盪《のうしんとう》だけですんで」

大怪我《おおけが》をしていても、それどころか打ち所が悪ければ死んでいてもおかしくない高さだった。自分を助けようとする上木原は、自分自身にはまるで無防備なまま、真《ま》っ逆《さか》さまに落下していった。

脱力したようにベッドの端に腰をかける倉知に、寝そべった男は言う。

「どうするの？」

「……どうって？」

「あの人のこと、これからどうすんの？」

「そんなの、まだ判らない」

優一《ゆういち》のことは、頭が混乱している。

宮木に電話を借り、上木原の倒れた踊り場に戻っても、優一はぼんやり階段の上に突っ立ったままだった。事の重大さは理解しているからこその、放心だったのだろう。救急車が到着する頃になって、ようやく我に返ったように動き出しはしても、優一は自分とだけは目を合わせようとしなかった。

保健医として成り行きで救急車には同乗《どうじょう》することになって、騒ぎを聞きつけた松谷《まつや》も一緒に乗った。病院で松谷は優一の様子がおかしいのを随分《ずいぶん》気にしていたから、今頃一緒にいるだろう。

「でも……これで全部はっきりした。一連のことは、優一さんが原因だったたって」

確かめるように呟いてみる。まだ信じたくない自分がどこかにいる。

「おまえをヤったのは俺だよ」

声にはっとなって背後を見た。自分が辛《つら》そうに言ったからか、この期《ご》に及んでもそんなことを言う男は、枕に頬を押し当てこちらを見ている。

「喬《たかし》……もういいんだ、そんな振りは。おまえだって自分じゃないから、犯人探し始めたんだろう？　聞いたぞ、宮木を殴《なぐ》ったって……なんで、そこまで……そこまでしてるのに、おまえは俺にはなにも言わないつもりだったのか？」

「俺だよ」

「喬……」

「俺ってことじゃ、ダメなのかよ」

しまいにはどこか不貞腐《ふてくさ》れたみたいに言い、上木原は片腕で顔を覆《おお》う。逃げ込むように目元を隠し、苦しげに吐き出された声は震えて聞こえた。

「……俺以外の奴が、おまえに触れたりしてない」

上木原が自分以上に傷ついてでもいるかのように見えた。

頭を過《よ》ぎった理由に、倉知はまさかと思う。

あのときの形相《ぎょうそう》。階段で優一が上木原に向かい、言った言葉の数々。それに煽《あお》られ、激昂《げっこう》した男――

「おまえ……もしかして、俺のことすごく好きなのか？」

ぽろりと言葉にした問いに、顔を覆った男の手がぴくりと反応を見せる。

「喬、そうなんだろう？」

繰り返せば、上木原は逆切れでもするみたいに鋭《するど》い目を覗《のぞ》かせた。

「いちいち確認しなきゃ判んないのかよ、そんなことも。嫌いだなんて素振《そぶ》り、少しでもあったか？　俺はいつだって好意は普通に示してるよ。名前呼びぐらいで一喜一憂《いっきいちゆう》したり、膝枕《ひざまくら》にも喜んだり？」

「お…おまえのは、なにもかも胡散臭《うさんくさ》いんだよ。散々《さんざん》女と遊び歩いてるじゃないか」

「遊ばなかったら、おまえなんかとっくに襲われてる。おまえをしっかりしてるなんて思ってるのは、おまえぐらいだ」

今度はムッとするのは自分の番だった。

しかし、一連の出来事を思えば、倉知は言い返せない立場であるのも判っている。

片肘《かたひじ》をついて、上木原は体を浮かせながら言った。

「なぁ、おまえは……あの人が犯人だって最初から判ってたのか？　だから……俺だって言っても信じようとしなかったのか？」

ようやく自分ではないと認めた男の顔を、倉知は見る。

「気づいたのはほんのちょっと前だ。俺には……おまえがそんなことするとは思えない。あの晩は……寝ぼけて、咄嗟《とっさ》に信じてしまったんだ。殴ったりして悪かったよ」

「……俺だって思われたままでよかったんだ。おまえだって、そう信じてたほうが少しはマシなんじゃないのって思ってたのに。変質者よりは……とかさぁ、おまえちょっとも考えないわけ？」

しつこく追及して否定しようとした自分に、上木原は少なからずショックを覚えたのかもしれない。そういえば、何度か同じようなことを言っていた気がする。

「言っておくが、あの人は最後までやってないよ。おまえが勘違《かんちが》いしてそう思い込んだだけだ」

「……そ…うなのか？」

微《かす》かに息を飲む声が返ってくる。

「ああ、それに俺にとってそんな大層《たいそう》な問題じゃない。あんなの……初めてでもない。相手が判らないなんてのは、初めての経験だったけどな」

ベッドがギシッと鳴った。

のろのろと身を起こそうとしていた男は、驚きに勢いつけて起き上がった。驚愕《きょうがく》の表情を浮かべた上木原に、倉知は取り立てて言葉を選ぶこともなく打ち明ける。

「子供の頃にな、親代わりで保護者になってくれてた伯父さんに性的虐待《ぎゃくたい》を受けてたんだ。だから、今更……おまえが思うほど俺は傷ついたりしない」

昔、伯父と暮らしていたことは、上木原も知っている。亡くなって、その後一緒に住み始めた優一が伯父の息子であるのも。

厳しい顔つきに変わっていく男に、倉知は念を押す。

「言っとくけど、優一さんは関係ない。あの人はなにも知らないんだ。もう伯父さんも亡くなったし、誰にも話すつもりはなかったんだけど」

言葉が出ないでいるらしい男に、倉知は言った。

あの頃からぼんやりと感じていたこと。自分に対しての、周囲の歪《ゆが》んだ関心。

「なんだか可哀想な人だったよ。母さんのことが好きだったらしい。優一さんはどうなんだろうな。もしかしたら、おまえだって……」

「違う！」

上木原の鋭い声に、言葉を遮《さえぎ》られる。

「俺は違う。おまえの親なんて、会ったこともない！」

「けど、こんな顔してるから興味があるんだろう？　女の代わりになりそうだって、おまえもキスしたとき言ったじゃないか」

「あれは、ただの言い訳だ。俺をほかの奴らと一緒にするな。おまえの見た目なんて、どうでも……とまでは言わないけど、重要じゃない」

剣幕《けんまく》に押されながらも、倉知は解《げ》せない顔をした。

「判らないな。俺と一緒にいたって楽しくないだろう？　俺は性格も褒《ほ》められたもんじゃないし、病気だし……」

「た…楽しいかどうかなんて、俺が決める。理由なんて……そんなの、一言で言えなきゃ信じられないのか？　気持ちよくなきゃ、一緒にいたいなんて思わない」

いつも、つらつらと言葉を並べる男がまごついている。

らしくもない姿は、嫌いではない。そう感じて、倉知は初めてであると気がついた。

怪我の功名《こうみょう》か、上木原が素《す》の顔を晒《さら》している。覗いた本音。初めて目にする、どこか悔しそうな表情。こんな顔ができる男だなんて、知らなかった。

ふらっと身を傾ける。

もっとよく見てみようと顔を近づけ、途中から寄せた理由は別のものにすり替わっていた。

倉知は、男の唇に自分のそれを重ね合わせた。

驚いて目を瞠《みは》らせた男に言う。

「してみる?」

「え……」

「しようか、セックス」

からかっているつもりはないのに、ますます上木原は狼狽《ろうばい》を見せる。いつもと立場は完全に逆だった。

「なに言って……だっておまえ、そういうの嫌いなんじゃ……」

当然といえば当然だ。自分の性的なトラウマも知った今、簡単に手を出そうだなんて思えるわけがない。

「そりゃあ最初が最初だからな。セックスにはいい思い出がない。けど、ちょっと気が変わった」

「そんなに簡単に変えられる『気』か? おまえ、俺に『惚《ほ》れるな』とも言ったくせに」

倉知は小首を傾《かし》げた。まるで記憶にない。

「そんなこと言ったか?」

「中学んとき。まだたいして口も利《き》いてなかった頃にね、おまえどっかの部屋で剝《む》かれて襲《おそ》われそうになってて、そんで俺が止めたことがあっただろ?」

「ああ……あったな、そんなこと」

ヒントを頼りに少し記憶を探れば、ぞろぞろと連《つら》なり出てきた。

「そんな……って、おまえアレを忘れてたのか？」

「バカ、忘れるわけないだろ。思い出さなかっただけだ」

「それを忘れてるって言うんじゃ……俺はずっと、アレがおまえのトラウマなんだと思ってたんだけど？」

「服を剝かれたぐらいじゃ、どうとも思わない。だいたい男が男のチンポみてなにが楽しいんだか」

「チン……って、や、やめろおまえが使うべき言葉じゃない」

妙なところで焦《あせ》る。たかが言葉一つでおかしな反応を見せる上木原に、倉知は会話も忘れて首を捻《ひね》った。

「はぁ？」

心なしか、ちょっと赤らんだ男の顔。

「俺は今、アイスキャンディー舐《な》めてるグラビア写真に需要《じゅよう》がある意味が判った気がする」

「俺は……ますます意味が判らない」

真剣に話をしているかと思えば、相変わらず突飛《とっぴ》な思考をする男だ。

困惑する倉知に、話を戻した上木原は言った。

「とにかく、あんときおまえが言ったんだ。惚れるなってね。こりゃ牽制《けんせい》だと思ったね。まぁ男だし、諦《あきら》めろって釘刺《くぎさ》されてもしょうがないかって」

「おまえ、ちょっといい奴だなと思ったから、忠告したんだよ。俺に惚れて破滅《はめつ》すんなって、そんなつもりだったはずだ」

少しは納得したのか。微かな唸《うな》り声《ごえ》を上げる上木原は、落ち着きなく髪を掻《か》き上《あ》げたりしている。

「もう、問題はないか？」

ベッドに手をついて身を乗り出した。すっと再び男のほうへ顔を近づけると、上木原は動きを止めて見返してきた。

笑うでも照れるでもない。探る眼差しが、じっと射抜《いぬ》くように向けられる。

「それは俺が好きって知ったから、無理にでも付き合ってやるかってこと？」

「ただ、してみたいんだ」

「セックス嫌いな理由だってはっきりしてんのに？　なんで今更俺となんて……」

「おまえに興味あるから」

知りたい。何度もそう思っていた。

倉知は上木原を見る。後ほんの僅《わず》かのところにまで、自分は到達しているのだと感じた。

もう、あの山の裾《すそ》にいる。目視《もくし》できる距離は十五センチぐらいだけど、きっと残された心の距離もそれくらいのはずだ。

言葉はないまましばらく見つめ合い、それから念のために訊《き》いてみた。

「もっと言わなきゃ判らないのか？」

「……ああ、判らない」

「嘘つけ。もう判ったくせに」

見つめ合うだけで伝わったと確信した。

体が触れ合う。唇と、重ねてみた手。後はもう黙っていたって先へ進めると気づいたけれど、倉知は言葉にしていた。

「喬、おまえが好きだ」


ベッドの上に乗り上がりながら、またキスをした。

キスでもしていないと、間《ま》が持たない感じがする。互いをよく知っているからこその覚束《おぼつか》なさ。どんなに近くにいても触れ合わないのが当然でやってきた関係は、行きずりの相手と抱き合うよりも、ある意味壁は高いのかもしれない。

落ち着かなくて、先でも急ぐかように倉知は男の上に圧《の》しかかろうとする。

「……く、倉知」

戸惑う声。なにか言葉を聞きたいような、聞きたくないような焦りを覚える。上木原の口から口説《くど》き文句でも聞こうものなら、どう対処していいか判らなくなりそうだ。

言葉を紡《つむ》がせまいと迫《せま》る倉知を、上木原は力ずくで押《お》し退《の》ける。

「倉知、待てよ、大事な話が」

「……なんだよ？」

ぐいっと両肩を押され、不機嫌顔を浮かべる。どんな話が飛び出すのかと思えば、確かに大事な事柄ではあるものの、この状況下で聞くにはあまりにも間の抜けた内容だった。

「俺さ、インポテンツなんだった」

「……は？」

ふざけてでもいるのかと思った。

「勃《た》たなくなっちゃったんだよね。それで、一昨日《おととい》も最後までできそうもなく……」

どこまでも緊張感を失わせる男だ。

「一昨日って……あれは自発的にやめたんじゃないのか？確かめるためにやるなんて、気持ちの伴《ともな》わないこと、おまえにはできなかったんじゃないのか？」

「え、そりゃあ、元気なら据《す》え膳《ぜん》行きたかったに決まってる」

「おまえって奴は……」

言いかけてやめる。なにが本当かなんて、上木原については判らない。あのとき感じ取ったことが真実、それでいい気がした。

ベッドについた両手に体重をかけ、覆い被さろうとするのをやめようとしない倉知に、男はまごついた声を上げる。

「だからっ、俺はインポテンツ……」

「いちいちフルで言わなくても判った」

ただやめさせたくない一心だった。

とりあえず唇を重ねようとすれば、今度は本当にどうしようもないことを言う。

「お願い、初めてだから優しくして？」

「喬、おまえな……あんまりふざけるなら怒るぞ」

「いや、本音なんだけど。だって男とするの初めてだしさ……俺、上手《うま》くリードできるかなってドキドキしちゃう」

「おまえにリードなんて期待してない」

間髪《かんはつ》入《い》れずに言い返せば、今にも触れそうな距離にある顔はふっと悪戯《いたずら》っぽく笑った。

「そう？　期待されてなくても、頑張《がんば》っちゃうけどね。だって俺……ずっと、おまえを抱きたかった」

「え……わ……」

倉知は思わず狼狽《うろた》えた声を上げてしまった。

体が反転させられたかと思うと、一息にベッドへ押し倒される。イニシアチブを取られ、圧しかかってくる男を否応《いやおう》なしに仰《あお》がせられて、倉知は不服そうに言った。

「勃たないのにどうやって頑張るんだ？」

「気合でどうにかする」

「そんなんでどうにかなったら、誰も悩まな……」

ゆらと見上げた顔が近づいてきた。

キス。

静かに一度触れ、そっと離れる。

思い出した。いつか、上木原が自室のベッドの上で寝ている自分にした口づけ。こんな優しいキスだった。

変わってない。最初からなにも。この男はずっと、ただ自分を好きでいてくれただけなのだろう。

見上げれば、上木原も自分を見下ろしてくる。いつも近くにいたのに、こんな風に素直な気持ちで互いを目に映すのは初めてに違いない。妙な照れ臭さやら気まずさを覚え始めた頃、二度目のキスは降ってきた。

今度はすぐに離れようとせず、倉知からも伸び上がって唇を押しつけた。そのまま深いキスへと変わっていく。互いの粘膜《ねんまく》まで触れ合わせ、絡《から》み合わせる。押し入ってきた上木原の舌は、倉知の口腔《こうこう》の隅々まで伸ばされ、小さな官能をそこかしこから引き出していく。

巧《たく》みなキスなのだろう。比べる相手もいないからよく判らないけれど、舌を絡ませ合ううちに、触れられてもいない場所までぶるっと震えた。

息苦しくなって、無意識に胸元を押し戻そうとした手を捉《とら》われ、シーツに押しつけられる。

「ん……っ……」

また奥まで上木原が入ってきた。熱を送り込まれるみたいなキス。ひどく官能的で、理性を保とうとする頭に幾重《いくえ》にもベールのようなものがかけられていく。

余計《よけい》なことは、もう考えなくていい。緊張から解放されていく体を、くたりとベッドに預けてキスを受け止める。

唇が離れると、大きく息を喘《あえ》がせた。

「……はぁ…っ、おまえ……長過ぎ……」

「そりゃ、長い間溜め込んでたから。まだまだこんなものじゃ足りないけど……」

タイに手をかけ、上木原は自《みずか》ら服を脱ぎ始めた。制服のシャツの下から現れた体は、ろくに運動もやっていない不摂生《ふせっせい》な生活のはずなのにほどよく筋肉質で、相変わらず羨《うらや》むほどに均整《きんせい》が取れている。

「もう、バカなやせ我慢はやめにする」

そう言って見下ろされ、胸が騒いだ。見慣れているはずの男の裸に心臓が煩《うるさ》く鳴る。

上木原は脱ぎながら、合間に倉知の服にも手をかけてきた。タイを解《と》く指、シャツのボタンを外す男の顔。仕草とその顔を交互に見る倉知に、上木原は不思議そうにする。

「なに？　どうかした？」

「おまえと……本当にそんなことするんだなと思って」

「……嫌？　怖いの？」

「まさか。気持ちよくしてくれるんだろう？　どんないいものか教えろよ。あれは……痛いばっかりで、俺はおまえみたいにセックスがいいなんて一度も思えたことがない」

両腕を伸ばして、男の首筋に回す。

抱き寄せながら倉知は言った。

「もし……俺が途中で寝てしまうようなことがあっても、最後までしろ」

「そんなの……」

「おまえならいい」

本当にそう思った。なにをされても構わないなんて、自分でもバカだと思う。けれど、考えていたよりずっと、自分はきっとこの男が好きなのだ。

「……すごい殺し文句。そんなこと言われたら、マジで止められなくなりそうなんだけど」

残ったズボンやら下着やらは、お互いに脱がせ合うようにして体を重ねた。

ただ裸でいるだけのことに、心まで晒《さら》け出《だ》してしまったみたいな気分になるのは錯覚《さっかく》だろうか。

触れる。体を重ねた分だけ、手も足も胸や腹も。肌と肌がそこかしこで触れ合い、熱を伝え合う。なにも語らなくても、互いをいつもより多く読み取れる気がした。

上木原の手が自分の輪郭《りんかく》を確かめる。肌の温度、質感、すべて知ろうとするかのように辿《たど》り、そして感じる場所を探し出す。

浅い呼吸を繰り返していた倉知は、股間《こかん》を探られた瞬間、身構えていながら上げかけた声に唇を噛《か》んだ。

「……っ……」

まだ反応し始めたばかりの性器を、やんわりと握り込まれる。

「倉知、声聞かせろよ」

「……嫌だ、冗談じゃ…ない」

上擦《うわず》る奇妙な声になるのは判りきっている。

「前に言ったろ、おまえのセックスが見たいって」

「それは……おまえは興味半分で……」

「興味があっちゃ悪いの？　好きな奴のエロい顔とか、声とか……気持ちよくなってるところ、全部見たいと思うのは変？」

あれだけ適当な軽い男を気取っていたくせに、今だけそんな言い方をするのはずるいだろう。

でも、言葉にはし損《そこ》ねた。

「見たいよ、倉知。それで、感じさせてんのが俺なら最高」

男の唇が肌へと押し当てられる。繊細《せんさい》に啄《つい》ばみながら、体を這い降りていく。鎖骨《さこつ》の浮いた首元から、小さく胸に浮き上がった乳首、腹にぽっかりと凹《へこ》んだ臍《へそ》へも。時折音を立てながら繰り返されたキスは、ついに体の中心にまで辿り着く。

「ちょっ…と、おい……」

倉知は戸惑う声を上げた。

「……なに?」

「なにって……おまえ、なに考えてっ……」

ほかの場所と変わりなく、なんの躊躇《ためら》いも見せずに上木原は性器に唇を押し当てた。

「喬っ……そんなこと、しなくていい」

「なんで? 気持ちよくさせていいんじゃなかったの?」

「それはいい…から、それ…嫌だ」

「フェラが嫌いな男なんていないと思うけど。な、全部一通りやってみない? おまえがそれでもヤだったら、もうしない。次は絶対、しないから」

「喬…っ……」

次なんて約束してない。そんな苦し紛《まぎ》れの文句は、口にできないままうやむやにさせられる。

半勃《はんだ》ちのものに口づけられた。さっきまでの体に注《そそ》がれた淡いキスは、油断させるための手《て》管《くだ》だったのかと思えるほど、濃密《のうみつ》に様変わりした口づけ。ねっとりとした舌使いで倉知の性器を舐め上げる。

「……たか…しっ……」

感触が生々し過ぎて、どうしたらいいのか判らない。

倉知は普段淡白だ。淡白というより異常な潔癖《けっぺき》で、自分でしたことは数えるほどしかない。自然に任せるがまま。一応健康ではあるから触れた弾《はず》みにそのまま射精まで行き着くときもあったけれど、積極的にしたいとは思えなかった。

触れば気持ちいい。当然だ。けれど、性的なことに考えが及べば、どうしても伯父を連想する。ただの排泄《はいせつ》用の器官とでも思っていたほうが気が楽だった。

そんな風に位置づけていただけに、他人に唇で触れられるなんてもっての外《ほか》だ。

自分のぼんやりした想像と、この男と抱き合う行為は違っている。判るのは、どんどんそのペースに巻き込まれていることだけ——立場は始まりと完全に逆転していた。

どうしよう。らしくもない焦りに心がぐらぐらになる。

倉知は頭を抱えるように額《ひたい》に手をやった。開いた目蓋《まぶた》が震える。直接目にしなくとも、唇の辿っている軌跡《きせき》が判る。

まるで動揺する思考を読んだかのように、上木原がくぐもる声で言った。

「余計なこと考えるなよ。感じてればいいだけなんだから」

本来の悦《よろこ》びでも思い出したかのように、性器は施《ほどこ》される愛撫に形を変えていく。大きく張っていくのが判った。

生暖かな感触が先端を包む。

「……ぁ…っ……」

小さな割れ目を啜《すす》るように刺激され、引き結んでいた唇が解《ほど》けた。微かに零《こぼ》しかけた声に、倉知は反射的に両手で口元を押さえ込む。

「……なにがなんでも声は聞かせないつもり？」

苦笑する男の息遣いが、敏感《びんかん》な粘膜を掠《かす》め、再び今度はもっと奥までゆっくりと飲み込まれていく。

「……う…ぅ……」

割り込まれた体のせいで、足を閉じ合わせることはできない。緩《ゆる》く立てた膝を倉知はもぞもぞと無意味に動かした。

感じる。下腹や内腿《うちもも》の辺りが震え出す。痙攣《けいれん》するみたいに小さく波立ち始めた肌を、大きな手のひらで撫《な》で摩《さす》られ、倉知は訳も判らず泣きたい気分に駆られた。

神経が束《たば》になったような場所に、施《ほどこ》される口淫《こういん》。硬く反《そ》り返《かえ》ったものは、恥ずかしげもなく男の口の中でひくひくと弾んで、気持ちよくてならないと訴《うった》える。

「ん……っ……」

唾液《だえき》と先走りに濡れそぼったものが、男の口から抜き出された。

「好きになってきた？　口でされるの」

言葉に頭がカアッと熱くなる。こんな反応も、言い返せない自分も信じられない。

依存性のある薬でも与えられたみたいに、体は上木原の愛撫を欲しがって走り続ける。

腰がゆらゆらと揺らいだ。両足を高く抱《かか》えられ、腰の奥まで見せつけるような卑猥《ひわい》な格好《かっこう》に開かれて、少しだけ我に返る。

「……や、め……っ……」

「止《や》めたいの？　これ……すごい、よくない？」

潤《うる》んで綻《ほころ》んだ先端を舌先でくじられる。指が白くなるほどに口元を押さえ、倉知は首を振った。

不自由な呼吸に酸欠《さんけつ》で頭がぼうっとなり、欲望に任せて跳ね上がる腰の動きは次第に大きくなる。

「……いいよ、俺の口に出しちゃっても」

上木原が察したように言った。

開いた白い腿を押さえつけ、貪《むさぼ》られる。何度でも深いところへと飲み込まれ、ねとりとしたその動きに、溢《あふ》れるほどの快楽に満たされた腰はぶるぶると震え出した。

「……う、あっ……」

小さく身を波打たせたのに合わせ、ベッドが微かに軋《きし》む。

倉知は促《うなが》されるまま吐精《とせい》していた。

信じられなかった。自分が、上木原の口に射精するなんて考えられない。頭はぐらぐらのまま。あっさりとそれを嚥下《えんか》してしまったらしい男にも気づいて、ますます混乱する。

残滓《ざんし》の溢れるものに、上木原は幾重にも唇を押し当てた。

屈《かが》めていた身を起こす気配がする。

「なぁ、気持ちよかった？」

頭上から問われて、倉知はどんな顔を見せたらいいのか判らなかった。

「おまえ全っ然反応聞かせてくんないから、よく判んないんだけど」

そんなはずはない。全部判っていたはずだ。自分が恥ずかしく腰を揺さぶったのも、早くから濡らしていたのも、感じまくったのも。全部。

「どうしたの、そんな目して」

余裕いっぱいの男が少し憎たらしい。口元を手で覆ったままの倉知は、精一杯ねめつけたつもりだったものの なんの効力もなかった。始まりは消極的に思えた男は、今やすっかりいつもの上木原だ。

「そんなに口押さえてると、綺麗な顔に変なアザついても知らないよ？　ほら、少し外してみなって」

倉知は手の内でくぐもる声を発した。

「……だ」

「ヤじゃないヤじゃない」

「嫌…だっ……」

「違うだろ。だって、セックスってそういうもんだよ。そうやって拒《こば》んで恥ずかしがられると、余計興奮するだけなんだけど？」

手の甲に口づけられる。まるで飴《あめ》とムチだ。今度は甘えたねだり声で、男は懐柔《かいじゅう》しようとする。

「なぁ、声聞かせてよ。顔も見せて……もっとおまえで興奮したい」

腿の辺りに押しつけられた熱が、ぞろりと動いた。

「そ、れ……」

「……ん、なんか……もう元気みたい。って、当たり前か……おまえとやってんだもん。続き……していい？　俺も、気持ちよくなりたい。ちょっと待ってて」

上木原はベッドを離れ、部屋の棚《たな》を探る気配の後、すぐになにかを手に舞い戻ってきた。『続き』のために必要となったものを、その手にとろとろと垂《た》らしていく。小さなボトルに入ったローションのようなものだった。

濡れた指が自分の狭間《はざま》へと伸ばされる。滑《なめ》らかに腰の奥をなぞり始めた指に、仰いだ顔を見つめれば、上木原は問いかけてくる。

「ダメ？」

「……駄目…じゃない」

「これはよくて、なんで声はなかなか聞かせてくれないかねぇ」

やや呆れたみたいに言いながら、男は倉知を探った。

「……っ……」

誘ったときから、最後までする覚悟はできていたはずだった。けれど、いざその場所を探られれば、過去に起因《きいん》する嫌悪感と羞恥《しゅうち》から、そう易々《やすやす》とリラックスなんてできやしない。

上木原はけして強引に割り開こうとはしなかった。倉知の緊張を解きほぐすかのように、ゆるゆるとした動きで奥まった窪《くぼ》みを撫で摩る。

時間をかけて慣らされているのは、受け入れる場所だけではないのだろう。

心まで、慣らされている。

ぬるつく指先が、小さく噤《つぐ》んだ場所の上で円を描く。自分の顔を映し込む双眸《そうぼう》に、見つめ返す目がゆらゆらと揺らぎそうになる。

「……たか、し」

「平気そう？」

くんっと押されて軽く息を飲んだ。ほとんど抵抗もなくぬるりと入り込んできた指に、肌を震わせる。優しく抉《こ》じ開《あ》けられていく。あの指だ。いつも目にしていた、男らしく長い指。

「……ぁ……っ……」

痛みはなくとも、異物感に涙が浮いてきた。こんなこと自分は慣れていると思っていたけれど、幼い頃の記憶は痛いばかりで複雑な思いに翻弄《ほんろう》されたりはしなかった。

不快感だけではない。初めて知る感覚が、男の指を含んだ場所で燻《くすぶ》り始《はじ》める。

「……や……ぁっ……」

指の間から小さな悲鳴が零れた。

上木原が驚いたように一瞬動きを止める。

痛みでも恐れでもない。倉知に脆《もろ》い声を漏《も》らさせたのは、上木原が与えようとしている快感だった。

甘やかな愛撫。満たされていく。頭で知識として判ってはいても、体で理解することはなかった感覚と、自分が自分でなくなってしまうことへの不安。

きっと自分は変えられてしまう。積み上げて、押し固めて、やっと強固な砦《とりで》のように高くしたものが、あっさりとこの男には突き崩される。

「……ぁ、う……」

指の動きに合わせ、次々と零れそうになる意味を成さない声。緩みかけた手に力を籠《こ》めようとすれば、上木原が空《あ》いた手を絡みつかせてきた。包み込んで指先を撫でたかと思うと、からめとるようにして口元から引《ひ》き剝《は》がされる。

「今の、もっと聞きたい」

「た、かしっ……」

「おまえの冷たい声も嫌いじゃないけど、たまには違う声を聞きたいときだってあるよ」

身の奥に埋《う》まったものを動かされる度《たび》、芽生《めば》えるざわりとした落ち着かなさ。まだ慣れないその感覚の中に、体が切なく縮《ちぢ》むような甘さが点々と散らばっている。

上木原は器用にそれを拾い集める。

「……う、んっ……」

「ここ?」

「……ふ…ぁっ……」

「ここが感じる?」

体を強張《こわば》らせたり弛緩《しかん》させたりを繰り返すうち、倉知の性器はまた形を変え始めていた。淡い茂みに寝そべろうとしていたものは、雫《しずく》を浮き上がらせながら再び緩やかに反り返る。甘い責《せ》め苦《く》。感じる一点を集中的に責め始めた指に、艶《つや》めいた高い声が零れた。

「……あぁっ……」

自分のものとは思えぬ声は、ぽろぽろと堰《せき》を切ったみたいに溢れ出す。

後頭部を枕に摺《す》り寄《よ》せ、倉知は身を捩《よじ》った。白い喉《のど》が反り返り、突き出すように浮かせた下腹の辺りがびくびくとなる。滑らかに張った茎《くき》を伝い落ちる先走りが、感じ入っているのを男に知らしめる。

「……すごいな、また腰動いてきた。外も……中も」

長い指が抜け出そうとする度、中へと誘い込もうと粘膜が絡みつく。

一度完全に抜き取られるごとに、指は増やされて戻ってきた。

「んんっ……」

もう三本くらい含まされているのだろう。ぐしゅぐしゅと音が鳴る。その音にも肌がひくひくと呼応《こおう》して、感じるのをやめられない。

自分の内に、こんな淫《みだ》らな部分が潜《ひそ》んでいるだなんて知らなかった。

「……ひ、ぅ……ん……あっ……」

ずるっと束になった指を抜かれて、倉知は啼《な》き声《ごえ》を上げた。聞いている者をおかしくさせるような、細く震える声だ。

「……挿《い》れるよ」

男の低い声。熱く昂《たか》ぶったものが、その場所に押し当てられる。

もう充分に慣らされたと思っていたのに、上木原のそれはもっと圧倒的な質量で、開かれる感触に身が竦《すく》んだ。

「ひ…っ……」

体の中に上木原が入ってくる。

「ん…ぅっ…あ……」

「痛い？　俺の、おまえと……サイズ合わないかな？　割《わ》れ鍋《なべ》に綴《と》じ蓋《ぶた》のはずなんだけど」

「そんな、の…っ……」

「……はぁ…っ、いい……すげ、いい。持ってかれそう」

　ゆっくりと時間をかけて自身を飲み込ませ、上木原は吐息交じりの声を倉知の耳元で響かせた。耳朶《じだ》を掠める熱い息遣い。肌がざわめく。重なり合った肌が僅かに擦《こす》れる感触にすら、どうしたらいいか判らない疼《うず》きがじわりと浮いてくる。

「……いいの？　倉知も……俺で感じちゃう？」

　普段から卑猥《ひわい》なことばかり言う男だと思っていたけど、違っていた。こんなときの上木原は、普段のふざけた態度からは想像もつかないほど、もっとなにか媚薬《びやく》でも纏《まと》っているみたいに艶《なまめ》かしい。

「あ…あぁっ……」

　少し引いたかと思うとずくっとまた埋め込まれ、倉知は喉を震わせる。

　体の中を上木原が行き交う。ずっずっと卑猥に擦れ合う音を立てて、熱の塊《かたまり》が自分を溶かし出そうとする。

「ん、や……」

「……いい？」

「……ぁっ、あっ……はぁ…っ……」

「たまんない、その声」

これが自分の声だなんて思いたくない。切れ切れの嗚咽《おえつ》めいた声は、上木原に媚《こ》びるかのように響いている。

「もっと開くよ、おまえん中」

乱れた呼吸を繰り返す。倉知は息も絶え絶えだった。

体に力が入らない。もしかして自分はカタプレキシーを起こしているのか。そうであっても不思議はない。だってこんなにも感情が昂ぶっている。

「……たかっ……喬…っ……」

救いを求める体を攫《さら》うように抱かれる。

「ほら、腕回して……こっち、俺に全部預けろよ。好きにしていいんだろ？　おまえがもし途中で寝ちゃっても、ちゃんと犯してやるから」

「……最、低…っ……」

「サイテーだよ。俺が最高なことが一度でもあったっけ？　おまえを俺のにする」

男の掠《かす》れ声《ごえ》にぞくりとなった。

「ひ…ぁっ……あ、あっ……」

貫《つらぬ》かれて支配される。根元まで飲み込んだと思ったところで、さらにぐっと腰を入れられて、倉知は小さく身を震わせた。首筋から肩にかけて回した手に力を込めてしがみつく。

「……きつい？」

情欲に掠れた声が問う。平然と見返すことなどできない。眦《まなじり》から決壊《けっかい》した涙が、ぽろぽろとこめかみに向けて零れた。

支配欲に駆られた男の鋭い眸《ひとみ》が、性器を銜《くわ》え込《こ》まされ、泣きじゃくり始めた自分をじっと見ている。

「倉知、泣いてる」

「泣いっ…てなんか……」

「泣いてんだろ、俺にヤられてさ。俺が怖くなった？」

すぐに頭を振った。

「……うんって言われたら、どうしようかと思った」

両足を抱え上げながら、上木原は繋《つな》がれた腰を再び揺さぶり始めた。深く埋めたまま小刻《こきざ》みに揺すり、中を捏《こ》ねるように刺激する。

「あ、あ……そこ…はっ……」

「……当たってる？　さっきの、おまえの気持ちいいとこ」

「あっ、あっ……」

「こっちも……濡れてきた。自分で判るよな？　ほら……」

上木原の締まった腹に性器が触れていた。昂ぶって反り返り、滑《すべ》る先端が体の動きに合わせて擦れる。

絡みついた指に激しく身を捩った。上木原に縋《すが》りついていた腕を解き、その手を引き剝がそうとする。

「……駄目…だ、触ったら……あぁっ……」

拒みたいのに、腰が淫らにくねる。体の奥まで上木原を締めつける。

なにがなんだか判らない。こんなのは自分じゃない。

「ん、あっ……」

「……不感症どころか、すごい感じやすいのな。俺も……やばくなりそう。おまえの……んな姿見せつけられたら」

「……ひっ……ぁっ……」

「ごめん、今の痛いよな。ちょっと、きつくし過ぎてるかも。けど……止まんない」

「あっ、駄目…だって、それは…っ、だ…め……ぅん…っ……」

腰を入れながら、性器を扱《しご》かれる。音を立てて抜き出されたかと思うと、奥まで突き立てられ、残された理性の欠片《かけら》は一つずつ潰《つぶ》されていく。

何度も何度も、数なんて判らなくなるまで繰り返される律動《りつどう》。熱く溶けそうに熟《う》れた場所が、硬く撓《しな》る屹立《きつりつ》で穿《うが》たれる。

「……あっ…あ……」

恥ずかしい水音が、鼓膜《こまく》を打つ。

「……かし……喬、な……なぁ、もうっ……」

「もう、なに？」

「……も……出、る……」

頭を振ったり唇を嚙《か》んだところで、堪《こら》えられそうにない。上木原の終わりがまだ遠いだろうことは、なんとなく判っていた。

堪えきれずに細い声で訴える倉知に、男は唆《そそのか》すように言う。

「イっちゃう？　いいよ、出してみせてよ」

「おま…えっ……は？」

「俺は……まだ、かな」

「……早、くし…ろ……あっ、ぁっ……」

達したのは、それから何度目の抽挿《ちゅうそう》だか判らなかった。

弾《はじ》けた熱が男の手を濡らす。焦って顔を向けた拍子《ひょうし》にそれを目にした。

生暖かなものが腹へと散っていく。上木原の手の中であやすように性器を弾まされ、休むことなく揺り動かされる腰に、倉知は激しくしゃくりあげた。

収まりつこうとする熱を、無理矢理引き止められる。前も後ろも爛《ただ》れたような快感に満たされていた。初めて快楽を知ったばかりの体は、受け止めきれずに感情のコントロールをなくしていく。

「もうちょっとだから、な……」

「……ゃ……や、あ……」

「……すごいな、顔真っ赤。体も……」

色づきやすい体は、薄紅色《うすべにいろ》に染まっていた。ぐずる子供のように拒もうとする体を抱え直され、繋がれた場所を露《あらわ》にしながら腰を動かされる。

「……た、たか…しっ……」

戸惑って名を呼ぶだけで精一杯だった。熱に浮かされた男は目を細める。

「……可愛いな。おまえの可愛いとこなんて……初めて見た。意地張ってるとこも結構好きだけど……こういうのも、悪くない。想像よりずっと……」

「…………ぁ、あっ……」

頬が熱い。どこもかしこも熱い。乱れた黒髪を片手で撫でつけられ、涙に濡れた顔を覗き込まれる。

「ああ、すごい泣いちゃってる。これ、たまんない？　今イったばかりなのにね……ほら、俺の腹……おまえ、ぐしょぐしょにして押してくんの」

こんなに本気でいやらしくて、底意地の悪い男だとは思わなかった。

セックスにこんな風に自分が飲まれるだなんて、考えもしなかった。

最初感じていた痛みはどんなものだったかも判らないほどに、そこは蕩《とろ》けて上木原を包み込んでいた。

無意識にずり上がろうとする度、腰を引き戻される。突き上げられるごとに体の奥から泣き声は零れて、自分を責め立てる男を悦ばせるばかりだ。

「あ、もっ……やめ、……あっ……」

「……逃げないで、もっと俺を可愛がってよ。あ……そう、もっと……もっとだよ。ほら、ちゃんと奥まで……できるだろ?」

「ひ…ぁっ……もっ、もう……いや、ぁ……」

体を押《お》し退《の》けようとする両手が戦慄《わなな》く。押しても叩いても、逃れられない。永遠に晒されるかのような悦楽《えつらく》。拒む声を上げながらも、そこがねとりとした動きで上木原を締めつけているのが判る。

溢れ出した先走りが、また絶頂が近づいているのを知らせる。

「……し、たか…しっ、もっ……もう……っ……」

許してくれと、何度も啜《すす》り喘《あえ》ぎながら言葉にした。射精感に打ち震える体を抱き、男は耳元に言葉を吹き込んでくる。

「いいかげん、俺も……限界っ、かも。ね……出していい？」

「……ん、う…んっ…あ……」

「ホントにいいの？　中で出しちゃっても？」

否定する余裕はない。なんだかよく考えることもできずに、頷くだけで限界だった。

「……イク、も……もうっ……」

「じゃあ……一緒にいこっか？」

唇を重ね合わせながら、男は囁《ささや》いた。

もう一度頷き返したかは定かでない。ほとんど同時に倉知は甘い悲鳴を零しながら達し、上木原の迸《ほとばし》らせた熱が自分の内を満たしていくのを感じた。


「馨《かおる》ちゃん、怒ってる？」

もう何度目かの問いを男は繰り返した。

答えに意味はない。望む返事をするまで延々と続けられそうな問いに、ベッドに伸びた倉知はうんざりして答える。

「……『ちゃん』づけ、やめろ。べつに怒ってない」

傍《かたわ》らから反応を窺《うかが》ってくる男は、憎たらしい安堵声だ。

「ホントに？　ちょっと元気が出過ぎたっていうかさ……あれだ、年頃だからムラムラ……」

「もうそれは聞き飽きた。金輪際《こんりんざい》言ってみろ、口を利《き》かないからな」

背中を向けようとすると、引き止められ、両腕を押さえ込まれた。

拒む気力もない。仰《あお》のかされるまま覆い被さる男を見上げ、倉知はせめてもの恨《うら》み言《ごと》を口にする。

「……なにが『上手《うま》くリードできるかドキドキしちゃう』だ」

今更騙《だま》されたみたいで腹立たしい。散々好きにしてくれたせいで、腰の奥は少しも違和感が薄れる気配がない。ちょっと身じろげば、男に指で掻《か》き出されたはずの残滓《ざんし》が、まだ溢れるような感じがして、倉知は息を詰める。

——セックスはみんなあんななのだろうか。

なにもかも奪われたみたいになって、ぐったりと弛緩した体に施された行為を思うと、自分の中に居着いてしまった記憶を持て余す。泣き過ぎてヒリつく眦を意識して、倉知は逸《そ》らせた目を伏せる。

きっと強がったところで、まだ泣き出しそうな赤い目をしてる。

上木原だけが嬉しそうに応《こた》えた。

「なぁ……それってさ、上手過ぎてびっくりしちゃったってこと？　テストんときの『全然勉強なんてやってないよ〜』みたいで、悔しいって話？」

「……意味判んないこと言うな」

もうなにも考えたくない。今度こそ背を向けたいのに、上木原は抱き潰すように体重をかけて乗っかってきた。

「喬、重い……」

突っ伏した男は、肩口に顎《あご》を乗せるようにして言う。

「このままさ、おまえの上で眠れたら最高なのにな……腹上死《ふくじょうし》じゃなくて、なんての？　腹上寝？」

「バカ」

ゆらと顔を起こした男を見上げる。至近距離で見るその眸は、今も充血している。一時間足らず気絶したぐらいでは、なんの睡眠の足しになるはずもない。

上木原の言葉じゃないが、あのまま誰にも邪魔されず眠り続けていられたら、本当に幸せだったのかもしれない。けれど、それは無事だった今だからのん気に考えられることだ。

倉知は欠伸《あくび》をしている男に問う。

「喬、相変わらず全然眠れないのか？」

「ん……まぁね」

「おまえ、なんで……」

どうして眠ることができないのか。

引っかかりながらも口にせずにきた問いは、やっぱりいざ言葉にしてみようと思っても躊躇う。

口を開きかけては閉じる。何度か繰り返していると、頭上の男がぽつりと言った。

「俺、まだ……忘れてないみたいなんだよね、親父のこと」

「え……」

先に切り出されて驚く。倉知の上から身を退《ど》かせた上木原は、隣にごろりと転がり天井を仰いだ。

「小学校三年のとき、親父もお袋も死んだのは話してたよな？」

「ああ、前に……」

「無理心中だったんだ。親父が……お袋の首を絞《し》めて殺して、それから包丁で自分の首を刺した。俺はそれを見てた。夜中起きたら親父が台所にいて、包丁握ってたんだ。そんで、俺の顔見て……俺、びっくりしてお袋を呼びに行ったよ。そしたらお袋はもう寝室のベッドで死んでた」

思考が凍りつくとはこんな感覚だろう。倉知はかける言葉どころか、すぐには反応すらできなかった。驚き過ぎて、途中から頭にも入りきれない。

「なんか、会社の経営が思うようにいかなくて悩んでたらしい。って言ったって、このとおりマンション丸ごと持てるぐらい資産はあるし、普通に考えたら、なに言ってんだって話なんだけど」

上木原が淡々とした声で話しているのは救いなのか。

それとも――

他人の作文でも読み上げるみたいに、一切の自分の感情を感じさせない。それは傍《はた》から聞いていて、内容とアンバランスで一種異様でもある。

「いろいろそれまで順調だったのが上手くいかなくなって、事業規模縮小したり、従業員解雇《かいこ》したり……そんなん続けてるうちに心労《しんろう》でおかしくなったんだろうってさ。周りの見解は。でも、なにも死ぬことないし、ましてお袋まで殺すかって思うんだけど……親父、悪い奴じゃなかったはずなんだけどな」

倉知は思わず月並みな反応を見せていた。

「そ、そりゃあ……そうだろ。悪い人間は、人を辞めさせたぐらいで責任感じたりしない」

「そうかもな。仕事人間だったんだ。あんまり可愛がってもらった記憶ないし、いつも俺の誕生日間違えてた。いっつも、十日遅れ。でも嬉しそうに誕生日プレゼント持って帰ってくるから、俺……なんか、間違ってるって言えなくてニコニコしてたっけ」

上木原は思い出しでもしたのか、天井を見つめたまま一瞬だけ笑みを浮かべた。

その横顔を、倉知はただ見つめるばかりだ。

ふと思った。その父親は、上木原に似ていたのではないか。

前に少しだけ聞いた、あの話。キャンプでの父親とのやりとり――星に触れることなどできない。同じようにそれを言い出せずに肩車をした父親は、きっと優しい人間だったろう。

「……喬」

一息に話をし、上木原は話し始めたときと同様にまた唐突に喋らなくなる。じっと天井を見ているだけの男に、倉知は手を伸ばした。

その頭に触れてみる。そろりと撫でるように手のひらを動かせば、瞬《まばた》き一つしないでいた顔が目蓋を伏せた。

「信じんの？　こんなムチャクチャな話」

「ああ」

もぞりと上木原は身を動かした。落ち着く場所を探すように、傍らで寝返りを打つ男は、うつ伏せ気味の姿勢で自分の体に腕を回してきた。

投げかけられた重い腕を倉知は受け止める。

「喬、辛《つら》かったな」

「……うん」

子供みたいに素直に頷く声が、微かに聞こえた。上木原はそれきりなにも言おうとはせず、一人天井を見続ける倉知の耳に、やがて規則的な息遣いが響いてきた。

「……喬？」

覗き見た目に映ったのは、自分の脇《わき》の辺りに額を押しつけて眠る顔だった。

寝息を立てている。まるで張り詰めていたものが失われたみたいに、安らかな表情。

悪い夢など、この男が一つも見なければいいと、自然に願った。

安心した子供のように眠る男をしばらく眺め、そして倉知はそっと囁きかけた。

「おやすみ、喬」


しばらくはクラスで話題になっていた文化祭も、十日も過ぎる頃には誰も口にしなくなっていた。

十代の日々の移り変わりは速い。お祭り騒ぎの記憶は瞬《また》く間に遠退《とおの》き、今の皆の関心はすぐ先に控《ひか》えたクリスマスや冬休みだ。

本格的な冬も間もなくの十二月の頭。校庭の木々からは、はらはらと残り少なくなった山吹色の葉が風に乗って舞っていた。今も、傍《そば》を歩く倉知《くらち》の肩先を掠《かす》めたところだ。

放課後、帰宅する倉知は昇降口から校門に向かっていた。ふと向けた視線の先に、グラウンドを小走りに過《よ》ぎっていく優一《ゆういち》の姿が見える。どうやらまた運動部の怪我人《けがにん》で呼ばれているらしい。

「あの人、まだ友達のとこにいんの？」

隣を歩く上木原《かみきはら》が視線に気づいて言う。

「ああ、しばらく世話になるって聞いてる」

優一は今、松谷《まつや》の元で暮らしている。文化祭翌日の日曜日、上木原の元に泊まった倉知が朝方家に帰宅すると優一の姿はなく、代わりにいた松谷がボストンバッグに荷物を纏《まと》めていて驚いた。『家に帰りたくない。自分に合わせる顔がない』と言っていると教えられた。

なにがあったのかと問われたが、松谷に答えることはできなかった。それは自分が話すことではない気がしたし、庇《かば》うような思考をしてしまう自分は、憎みきれないのだと思った。なんだかんだ言っても、何年も保護者であり家族であった男だ。

こないだの週末、松谷と共に優一も荷物を取りに来た。

その顔は元の穏《おだ》やかな優一に見えた。

事情をどこまで話したのか知らないけれど、優一は松谷のいる前で自分に詫《わ》びた。

彼といることで、変わればいいのにと思う。優一の歪《ゆが》んだ好意の先が母ではなく本当に自分だったとしても、それは自分であって自分ではない。優一が作り上げた虚像《きょぞう》でしかない。

「優一さん……来年の春、行く先が見つかればまた転任するつもりらしい。せっかく運動部の奴らも慕《した》ってるのに、俺はそこまでしなくてもいいんじゃないかって言ったんだけど……」

文化祭での出来事は、結局、上木原が階段を落ちたという事実以外は騒ぎになっていない。

上木原が自分で足を滑《すべ》らせたと言ったからだ。

けれど、上木原は優一を許しているわけではないらしい。

「冷静だねぇ、おまえは。あんな目に遭《あ》って、よく怒らないでいられるよ。俺には真似《まね》できないね」

「優一さん、心配してたぞ、おまえのことも。怪我は大丈夫だったかって、荷物取りに来たときに言ってた」

初めて優一の口から出た上木原を気にかける言葉に、倉知は驚いた。

「……ふうん、そう」

納得したようにも面白くなさそうにも感じる曖昧《あいまい》な返事を、上木原は寄越《よこ》す。

校門を潜《くぐ》り過ぎようとしたところで、背後から追ってくる男の声が聞こえた。

「おーいっ、俺も混ぜて！　一緒に帰ろう」

もう先に帰っているとばかり思っていた住田《すみだ》だ。

「バレー部の奴らと体育館で喋《しゃべ》ってたら遅くなっちゃってさ」

騒々《そうぞう》しくもお喋りな男だ。一気に帰路《きろ》は賑《にぎ》やかなものに変わる。

表に出て、歩道を少し歩くと、ペラペラと話していた住田が『げっ』と声を上げた。

「ちょっ…と、なんだよアイツ。ショバ変えしたんじゃなかったのかよ」

コンビニに移動したはずの例の男が、また電柱の陰から帰宅中の生徒たちの様子を窺《うかが》っている。

男はすぐにこちらに気がついた。

無視して通り過ぎるか、走って逃げるか。三人だし前案ですむかと思いきや、男は想定外にも真《ま》っ直《す》ぐにこちらに向かって歩いてきた。

「こ、こ、こ、こんにちは」

声をかけて足止めされ、揃《そろ》って戸惑う。『鶏《にわとり》か』というありがちなツッコミは、とりあえず頭の隅には浮かべておいた。

男はぺこりと頭を下げる。いつも遠目でよく判らなかったけれど、結構な男前で、坊ちゃん高校の制服がやけに誠実そうに見せている。

なにより驚いたのは、男が立ち止まった位置だった。

「は、初めまして、俺は丘上《おかがみ》学院高校の二年で原島《はらしま》っていいます」

明らかに住田の前だ。お辞儀《じぎ》が向けられたのも、挨拶《あいさつ》の先も、熱い目線の先も、全部だ。

「え……な、なに言ってんの？　倉知にじゃないの？」

「俺じゃない、おまえにだろう」

男はこちらなど、ちらとも見ようとしない。倉知が断定すれば、住田は落ち着くどころかおろおろと視線を彷徨《さまよ》わせ始める。

「倉知じゃないのか!?　だっておまえ、いっつもこの辺ウロウロして、俺らの後つけまわして……」

そこまで言ったところで、住田はようやくちょっと奇妙だと気づいたらしい。男は住田がいるときにしか現れていないのだ。

「……え……ええっ!?」

「気味の悪いことして、ごめん。でも、君がレストランのバイトを辞《や》めてしまって、学校の行き帰りでもないと姿が見れなくなってしまって!」

思い詰めたように言う男は、どうやら夏までこの近所で勤《つと》めていたファミレスで住田を見初《みそ》めたらしい。

「こないだ文化祭の日に声をかけようって心に決めてたんだけど、どうしても君を見つけられなくて……こ、これ、俺の気持ちです。読んでください」

今時珍しいラブレター。ストーカーの名に恥じない、読まなくとも重々《じゅうじゅう》気持ちの伝わってくる分厚《ぶあつ》さだ。

「き、気持ちって……お、俺、男なんだけど?」

「それは判ってるんだ。でも、どうしても君のことが忘れられなくて……僕が店で会ったのはたった一度なんだけど、すごく落ち込んでた日に君の笑顔が眩《まぶ》しくて……」

「お、おまえ、一度で俺の顔覚えたのか?」

「……一目惚《ひとめぼ》れ、です」

照れ臭そうにはにかみ、男は頬を赤らめる。

また一つ丁寧《ていねい》に頭を下げ、『返事は落ち着いたら聞かせてほしい』と言い残して男は足早に去っていった。

後に残されたのは、呆然と手紙を手にした住田と、その他大勢扱《あつか》いの友人二人だ。

「おまえ最後ちょっと、まんざらでもないって顔してたな」

上木原の冷やかしに、住田は顔を真っ赤にして反論する。

「ばっ……バカ言うな！　あいつ、男だぞ!?」

「確かに男だな。最初から勇《いさむ》は男だと知ってるのに諦《あきら》めがつかず、高いハードルを越えようとメンタルを強化してきた野郎だ」

「そっ、そんな……」

「勇、付き合ってやれば？　倉知の隣にいておまえにしか目が向かないなんて、奇跡みたいな男じゃん？　向こう一生そんな相手には出会えないって、俺が保証する」

「う、嬉しくねぇよ、そんな保証！　しかも一生かよ！」

水を得《え》たように上木原は住田をからかい、赤い顔の治まる暇《ひま》のない男はすっかりパニックだ。

二人のやり取りをじっと見ていた倉知は、体の奥がむず痒《がゆ》いのを感じた。

「ぷっ……はっ、ははは っ」

ぎこちなくも、けれど腹を抱《かか》えて噴き出した倉知に、住田が目を剝《む》く。

「あっ、倉知が笑った！」

慌てたり驚いたり、忙しい男だ。

倉知は特にしゃがみ込んだりふらつくこともなく、その場に立っていた。

笑えば起きるのが常だったカタプレキシーが起きない。

「倉知、大丈夫なのか？」

上木原が様子を窺ってくる。

「なんか……今、平気だったかも」

「治ったんじゃないのか？」

「そんな簡単に治るわけないだろう。たまたまだ」

眠気のほうは相変わらずだし、根本的な原因が繋《つな》がっているカタプレキシーだけひょっこり治るなんて考え難《がた》い。そんな単純な病気でもない。

でも、と思う。もしかしたら、自然と笑おうとしたのも関係しているのかもしれない。

倉知は笑うのを止めようとはしなかった。『脱力ぐらいしても、まぁいいか』と思えていた。宮木《みやぎ》の前で散々《さんざん》みっともないところを晒《さら》し、開き直りでも芽生《めば》えたのかもしれない。

また歩道を三人で駅まで歩き出す。

住田は打って変わって大人しくなり、動揺を隠せない男は、駅の改札で二人に別れを告げるのも忘れそうになりながら反対側のホームに向かって行った。

ちょうど、あちらは電車が入ってきたところだ。住田は駆け足で乗り込む。二人には見えないと思ったのか、急いで手紙を開き始める男の姿が窓越しに見えた。

住田を乗せた電車が、ガタゴトと音を立てて走り去っていく。

倉知は、相変わらず電車のタイミングの合わないホームのベンチに、上木原と並んで腰をかけた。

「しかし、おまえの『魔性《ましょう》』も大した効力がないことがこれで証明されたな。俺もおまえの顔に惑《まど》わされてるわけじゃない」

長い足を投げ出しながら、上木原は言う。

「どうだか。おまえは胡散臭《うさんくさ》い」

「聞いたぞ、倉知」

「なにを？」

不貞腐《ふてくさ》れたような声に隣を窺えば、まさにむっとした表情の上木原と目が合った。

「おまえ、大学はこっそり県外に行くつもりなんだってな。勇が言ってた」

「……あの裏切り者」

内緒のつもりで話した進路の一件を、住田はあっさりと上木原に告げ口してしまったらしい。

「住田の奴、もう課題に困っても助けてやるもんか。油断した。だいたいあいつは、おまえによく懐《なつ》いてるからな……いつかだって、おまえら二人でこそこそと示し合わせてたみたいだし」

「あれじゃない？　住田も、同じ壊れものでも蓋《ふた》より鍋がいいんじゃないの？　なんか物入れとかに使えそうだしさぁ」

「それなら、蓋のほうが繕《つくろ》い済みだからまだ使え……」

割れ鍋に綴《と》じ蓋。くだらない比喩《ひゆ》に真剣に言い合うところこそ、まさに似た者同士だとふと気がつき、倉知は沈黙した。

まだ話はうやむやになってはいなかったようで、上木原は責め立ててくる。

「なぁ、本気で俺を置いていくつもりかよ？」

無反応でいれば、今度は甘え声だ。

「ひどい。まだ枕がないと眠れないのに」

「俺は枕か」

上木原は睡眠時間が少し増えたらしい。自分の前に限ってだと言っているけれど。

一緒にいると隣で眠っているときがある。それにかこつけてベッドへ誘いたがるから、喜ばしいことなのか迷惑なのか判断はしかねる。

「こうなったら、地の果てまでも追いかけてやる」

「おまえが一番のストーカー気質だな」

倉知は苦笑した。

風が吹く。

もうすっかり冷たい風だ。けれど心地はよく、目を眇《すが》めたくなる。空も高く、青い。

いつの間にか互いに口数が少なくなっていた。隣を見ると、上木原の明るい髪もホームを抜ける風に吹かれて揺れている。

「……気が変わった。喬《たかし》、もしも将来おまえが眠り続けるようなことがあったら、俺が面倒見てやる」

穏やかに前を見ている横顔に、倉知がふと思い出したのはあの話だ。

突然の言葉に、男は首を捻《ひね》りながらこちらを向いた。

「え…なに？　なんの話だよ、急に」

「べつに。ただの胡散臭い一説の話だ」

「なんだよ、また思わせぶりな……あ、電車来た」

倉知の肩越しの線路を、上木原は見る。

ガタゴトとレールの鳴る音は、ふっと笑んだ倉知の耳にも聞こえていた。

あとがき

砂原糖子

皆さま、こんにちは。はじめましての方にははじめまして、砂原《すなはら》です。
珍しく落ち着きめなタイトルです。『スリープ』では物足りないかなと思い、『スリープ&ウェイク』にしようと思ったらあっさり却下されました。わーい！　いえ、私自身「かなり微妙だ……」と思ってましたが。なんだか妙に響きが人名というかコンビ名っぽいというか、トム&ジェリー、チップ&デールみたいな？（どっちもアニマルでは）
キャラ的にもボケとツッコミ、つかず離れずの相方……みたいな関係を書きたいと思っていた作品です。なにしろ、割《わ》れ鍋《なべ》&綴《と》じ蓋《ぶた》……自分ではずっと「ラブコメラブコメ！」と思いながら書いていました。プロットに起こしたときうっかりシリアスっぽかったので、「いやいや、そんなバカな。書いたらラブコメになるはず」と念じ、頑《かたく》なにコメディだと思って突き進みました。「こ、これはもしや、わりとシリアスなのでは……」と気づいたときには、すでに遅し。いつもながら微妙な作品ですみません。
この話の生《お》い立《た》ちはちょっと変わっています。ナルコレプシーと不眠症のカップルという設定は、以前出していただいた文庫『恋のはなし』で、脚本家の攻キャラ新山《にいやま》が書いたドラマとして考えたネタです。実際は『恋のはなし』の中でもその文を消してしまったので、誰も見てないわけですが……。おそらく担当さんすら。うっかり「このネタをBLで書きたい！」と思ってしまい、新山から横取りしました。彼是《かれこれ》二年くらい前になりますので、二年越しで書けて本当に嬉しかったです。

だいぶ元ネタから脱線しつつも、倉知《くらち》も上木原《かみきはら》もとても楽しく書けました。上木原のような病《や》んでる攻キャラは、わりと好きなタイプです。過去にもチャレンジしては玉砕《ぎょくさい》しているくせに、また懲《こ》りずに当たって砕《くだ》けてみました。

ちなみに、『上木原』は倉知に名前を呼ばせるためにつけた名字です。微妙に呼《よ》び難《にく》くて、でも小説としては読みやすい名字……そんな都合のいい名字ねぇだろ！　と思いながら考えました。ちゃんとそれっぽくなってましたでしょうか？

イラストのほうは今回、高井戸《たかいど》あけみ先生に描いていただきました。大好きな先生に無理を言って描いていただき、お礼をここに書くのもドキドキします。いや、お礼ぐらいドキドキせずに素直に言え！　という感じですが。ありがとうございます。雰囲気いっぱいの倉知や上木原に、ラフをいただいたときから幸せ気分でした。担当さんは私がもっとここで熱く語るのを望んでらっしゃるかもしれませんが、緊張しすぎてなにも言えません。いや、本当に。

そういえば、久しぶりに自分のペンネームが嫌かも……と思いました。うっかり勢いでつけたと思われているに違いないこの名前、自分ではおおむね気に入ってるつもりだったんですけど、やっぱり微妙。ついに本気で後悔する日がきたという感じです。

シリアスになればなるほど浮いてます。せっかくの美しいイラストも台無しになってないかヒヤヒヤです。そこはそれ、きっと新書館の敏腕《びんわん》デザイナーさんが上手《うま》いこと私の名前を隔離《かくり》してくださってるとは思いますが！

実は以前、ペンネームを変えようと思ったことはあったのです。でも「大きく変えたら気づいてもらえないかも？」と「原」の字をいろいろ試してみたところ、完全に無駄でした。凄《すさ》まじい「砂」と「糖」の威力《いりょく》の前に撃沈《げきちん》。思い切って間に十文字ぐらい入れたら大丈夫でしょうか？

そんなわけで、自分のペンネームに軽く失望しつつ、仕上がった本を手に取れる日を楽しみにしています。高井戸先生、編集部の皆様、この本に関わってくださった方々ありがとうございました。

そして読んでくださった皆様、ありがとうございます。いつもなかなかお返事ができておりませんが、いただいたご感想は嬉しく拝見《はいけん》させていただいております。大事な宝物です。日々、自分の不甲斐《ふがい》なさに落ち込むばかりのところ、励《はげ》ましてくださってありがとうございます。

手にしてくださった皆様に、また次回も元気でお会いできますように！

2009年8月　　　　　　　　　　砂原糖子。

D E A R + N O V E L

スリーブ

スリーブ

この本を読んでのご意見、ご感想などをお寄せください。
砂原糖子先生・高井戸あけみ先生へのはげましのおたよりもお待ちしております。
〒113-0024 東京都文京区西片2-19-18 新書館
[編集部へのご意見・ご感想] ディアプラス編集部「スリーブ」係
[先生方へのおたより] ディアプラス編集部気付 ○○先生

初 出
スリーブ：書き下ろし

新書館ディアプラス文庫

著者：**砂原糖子** [すなはら・とうこ]
初版発行：2009年 9 月25日

発行所：株式会社**新書館**
[編集] 〒113-0024 東京都文京区西片 2-19-18 電話(03)3811-2631
[営業] 〒174-0043 東京都板橋区坂下 1-22-14 電話(03)5970-3840
[URL] http://www.shinshokan.co.jp/
印刷・製本：**図書印刷株式会社**

定価はカバーに表示してあります。乱丁・落丁本はお取替えいたします。
ISBN978-4-403-52223-9

S H I N S H O K A N

言ノ葉ノ花《ことのはのはな》
世界中で、君の声だけ聞こえるならいいのに。
切なさ200%!!　胸に迫るスイートラブ♡
三年前から突然人の心の声が聞こえ始め、以来人間不信気味の余村《よむら》。ある日彼は自分に好意を抱いているらしい同僚・長谷部《はせべ》の心の声を聞いてしまい……。
Illustration 三池ろむこ

恋のはなし

イラスト／高久尚子

ゲイである自分に罪悪感を抱き、恋をしたことのない多和田《たわだ》。男性を紹介されることになるが、現れた新山《にいやま》は実は別人で……?

斜向かいのヘブン

イラスト／依田沙江美

無口で無愛想《ぶあいそう》な上司・羽村《はむら》の意外に可愛《かわい》い趣味を知ってしまった久條《くじょう》。さらに彼は自身を吸血鬼だと言い……!?

虹色スコール

イラスト／佐倉ハイジ

以前はべったりだった友人の池上《いけがみ》が疎《うと》ましく、近頃は距離を置いていた律也《りつや》だが……? 大学生の等身大の恋愛模様♡

セブンティーン・ドロップス

イラスト／佐倉ハイジ

小学校の時転校してしまった江里口《えりぐち》と高校で再会した広久《ひろひさ》。可愛かった彼は驚くほど格好よくなっていて……?

15センチメートル未満の恋

イラスト／南野ましろ

突然身体が小さくなってしまった雪見《ゆきみ》。美大時代の同級生かつ天敵の伏木野《ふしきの》の作ったドールハウスで生活することになり……!?

純情アイランド

イラスト／夏目イサク

島の生き神様同然の比名瀬《ひなせ》に好かれて以来、島から出られない港平《こうへい》。だは、純粋に自分を慕《した》う彼を可愛く思い始め……。

特別定価：651円

204号室の恋

イラスト／藤井咲耶

二重契約で美大生の片野坂《かたのざか》と同居する羽目《はめ》になった柚上《ゆがみ》。生真面《きまじ》目《め》な柚上は大ざっぱな片野坂を好きになれず……。

ディアプラス文庫は
毎月
10日頃発売!!

<ディアプラス小説大賞>
募集中！

トップ賞は必ず掲載!!

賞と賞金

大賞・30万円
佳作・10万円

内容

ボーイズラブをテーマとした、ストーリー中心のエンターテインメント小説。ただし、商業誌未発表の作品に限ります。

・第四次選考通過以上の希望者には批評文をお送りしています。詳しくは発表号をご覧ください。なお応募作品の出版権、上映などの諸権利が生じた場合その優先権は新書館が所持いたします。
・応募封筒の裏に、**【タイトル、ページ数、ペンネーム、住所、氏名、年齢、性別、電話番号、作品のテーマ、投稿歴、好きな作家、学校名または勤務先】**を明記した紙を貼って送ってください。

ページ数

400字詰め原稿用紙100枚以内（鉛筆書きは不可）。ワープロ原稿の場合は一枚20字×20行のタテ書きでお願いします。原稿にはノンブル（通し番号）をふり、右上をひもなどでとじてください。なお原稿には作品のあらすじを400字以内で必ず添付してください。
小説の応募作品は返却いたしません。必要な方はコピーをとってください。

しめきり

年2回　1月31日/7月31日（必着）

発表

1月31日締切分…小説ディアプラス・ナツ号（6月20日発売）誌上
7月31日締切分…小説ディアプラス・フユ号（12月20日発売）誌上
※各回のトップ賞作品は、発表号の翌号の小説ディアプラスに必ず掲載いたします。

あて先

〒113-0024　東京都文京区西片2-19-18
株式会社 新書館
ディアプラス チャレンジスクール〈小説部門〉係